A PROVÍNCIA DAS TREVAS

DANIEL ARSAND

A PROVÍNCIA DAS TREVAS

Tradução de
MARCOS DE CASTRO

EDITORA RECORD
RIO DE JANEIRO • SÃO PAULO

2003

CIP-Brasil. Catalogação-na-fonte
Sindicato Nacional dos Editores de Livros, RJ.

Arsand, Daniel, 1950-
A822p A província das trevas / Daniel Arsand; traduçãc
Marcos de Castro. – Rio de Janeiro: Record, 2003.

Tradução de: La province des ténèbres
ISBN 85-01-06348-7

1. Romance francês. I. Castro, Marcos de. II. Títul‹

CDD – 843
03-0660 CDU – 821.133.1-3

Título original em francês:
LA PROVINCE DES TÉNÈBRES

Direitos exclusivos de publicação em língua portuguesa para o Brasil adquiridos pela
DISTRIBUIDORA RECORD DE SERVIÇOS DE IMPRENSA S.A.
Rua Argentina 171 – Rio de Janeiro, RJ – 20921-380 – Tel.: 2585-2000
que se reserva a propriedade literária desta tradução

Impresso no Brasil

ISBN 85-01-06348-7

PEDIDOS PELO REEMBOLSO POSTAL
Caixa Postal 23.052
Rio de Janeiro, RJ – 20922-970

A Nicole, Evy e Kathy

A Antonia.

A Pascale G.

SUMÁRIO

O Romance de Montefoschi

I

Hetum II, rei da Pequena Cilícia e rei franciscano, oscilou sem tréguas entre o mosteiro e o trono. Em menos de doze anos, abdicará por duas vezes e por duas vezes vai apoderar-se do cetro. E enquanto reinava, tinha o rosto voltado para a cruz.

Numa noite do ano de 1289, pedia a Deus que mantivesse ainda por muito tempo a amizade política que tinha estabelecido com Roma. Alguns de seus próximos, uma grande parte da aristocracia e o povo todo condenavam seus sentimentos pró-latinos. Os nacionalistas armênios, criados no seio da Igreja gregoriana, julgavam duramente esse monarca que dobrava a espinha às ordens de um papa. A traição rondava as salas do palácio, espalhava-se pelas cidades, pelos campos e até fora das fronteiras do reino de Hetum: os francos sonhavam escravizar um Estado de portos florescentes; os mongóis da Pérsia, a ponto de converter-se ao islam, de aliados poderiam sem dúvida tornar-se inimigos jurados. Hetum II, cansado das intrigas e das guerras, rezava, naquela noite, ajoelhado e de mãos postas. Em vão buscava pronunciar palavras de adoração. Longínquos cânticos de salmos e vozes que subiam das cozinhas o distraíam. Hetum, então, persignou-se e se levantou. A noite começava a escurecer o céu e persistia o doce calor de fevereiro. Na sombra que dominava o cômodo, o rosto magro e barbudo do rei quase não podia ser notado. Entretanto, se fosse possível vê-lo, surpreender-se-ia em seus lábios um sorriso, porque Hetum pensava num mercador veneziano, Vicente Montefoschi, e pensar em tal homem o serenava. Vicente Montefoschi, no dia seguinte cedo, levaria um dos mais célebres pintores da Cilícia para Pequim, a capital de Kublai, o Khan dos khans. O rei também o esperava: em alguns meses, um monge miniaturista pintaria sob os olhos do imperador dos mongóis um Cristo em sua glória e levaria a verdadeira fé aos confins do mundo. Dessa trama, Hetum tinha sido o artesão. Confiante, em paz, o rei da Cilícia voltou a se ajoelhar ao pé de um crucifixo para pedir ao seu deus que o mantivesse acordado e alegre até que o dia nascesse.

II

Num quarto da fortaleza de Sis, o palácio de Hetum II, Vicente Montefoschi entregava-se ao repouso e não se aborrecia com a insônia. No dia seguinte, faria sua segunda viagem à China. A glória o espreitava, desde que um papa e um rei o tinham designado embaixador junto de Kublai. E, entretanto, sua família não tinha parentesco nem com a dos Samudo, nem com a dos Querini ou a dos Morini, esses mestres dos negócios venezianos: simples filho de um mercador cuja fortuna e cuja celebridade não podiam rivalizar com as deles, era entretanto mais ambicioso do que o pai e mais ardiloso do que os ladrões ou os banqueiros de Veneza.

Adolescente, conhecera o mar, suas tempestades e seus piratas e até matara a punhaladas para salvar sua vida. Com vinte anos, já avaliava com segurança a capacidade dos músculos de um escravo, a resistência de um tecido, a pureza do ouro. Dez anos mais tarde, murmurava-se que tinha envergadura para destronar os Samudo ou os Querini. Na verdade, tudo lhe saía bem, seu império se estendia da Grécia ao Mar Negro.

Mas um dia em que caminhava pelos entrepostos de sua casa de Sudak, na Criméia, teve uma revelação: nenhum mercador, que ele conhecesse, tinha conseguido a imortalidade. Porque, quanto a si, esperava desde a infância que seu nome atravessasse os séculos, essa descoberta o abalou. Homem de ação antes de tudo, Montefoschi demorou-se pouco a meditar sobre a fatalidade ligada aos homens de sua profissão. Num olhar sobre o passado, certificou-se de que os que tinham se tornado notáveis eram quase todos príncipes, filósofos, santos ou generais. Como não era nobre, como de modo nenhum era dado à mortificação da carne e se mostrava impermeável às doutrinas de Aristóteles ou de Platão, o ofício das armas lhe pareceu o melhor para construir um destino digno de escapar do esquecimento. Esse ideal passou a entusiasmá-lo de tal forma que ele negligenciava o fato de que guerrear requer um aprendizado e que antes de ser promovido a oficial é preciso aprender a manejar uma arma. Imaginação ardente, sonhava com vitórias que viriam rapidamente e perdia o sentido da realidade que o tinha ajudado a acumular riqueza. Tinha confessado seus projetos a alguns amigos, e suas propostas chegaram mesmo a seduzir gente como ele, exaltada diante da visão de terras fabulosas. Sua enorme estatura e seu talento de tribuno convenceram essas pessoas de que cedo ou tarde ele estaria sentado à direita de Kublai ou que devastaria planícies e cidades, divinizado por suas façanhas. Tinham jurado segui-lo pelos territórios segundo ele povoados de pássaros assassinos e de criaturas de coração insensível. A fim de evitar os rigores do inverno, decidira que a aventura começaria na primavera.

À frente de trinta homens, deixou para trás, numa manhã de março, suas lojas e seus navios, confiados à supervisão de um administrador.

De pouso em pouso, o veneziano manifestava cada vez mais sua personalidade: era homem talhado no orgulho e na crueldade. Cobria de sarcasmos os companheiros que mostravam fraqueza, fazendo deles alvo da chacota dos que conduziam jumentos. Numerosos deles haviam se cansado de suas ofensas e de seu desprezo e tinham retomado o caminho de Bizâncio, de Sudak e de Aiás. A deserção deles não parecia comovê-lo muito. Montefoschi continuava pelos caminhos do Oriente, confiava em seu futuro, como se o esperasse um mundo de prodígios no qual ele teria seu lugar. E, seguramente, os deuses de cada região atravessada o protegiam, pois ele chegou a atingir Pequim sem ter conhecido o medo nem os riscos familiares a todo viajante de seu tempo.

Kublai só lhe concedera uma entrevista um mês depois de sua chegada. Elogiando o sistema postal, que se estendia por todo o império mongol, e o espírito de previdência que tinha levado o país à construção dos silos de grãos para o caso de escassez, Montefoschi tinha conquistado seu interlocutor. Sua bajulação foi recompensada. Quando se despediu do soberano, um ano mais tarde, foi feito portador de uma carta imperial endereçada ao papa Nicolau IV, pela qual se podia supor que o khan estava prestes a se converter ao cristianismo. Kublai acrescentava que ficaria feliz de acolher em sua corte sábios, artistas, teólogos capazes de gravar na pedra, escrever sobre pergaminho ou exprimir pela palavra a grandeza do Ocidente.

Os deuses ainda velaram pela segurança desse embaixador, mas desta vez protegendo-o até Roma, onde Nicolau IV assegurou-lhe que atenderia a todas as pretensões do imperador. Acreditar nisso seria esquecer que o papa tinha a desconfiança no sangue. No momento de embarcar para Aiás, Montefoschi não levava consigo mais do que dois monges esfarrapados, e como único tesouro a oferecer a Kublai três gotas de óleo consagrado no fundo de uma garrafinha. Jamais conseguiu obter uma segunda audiência papal e seus protestos por escrito sempre permaneceram letra morta. Apesar de seu desânimo e de sua raiva, amaldiçoando Nicolau IV e praguejando contra a Igreja e seus servidores, precisou raspar o fundo de sua bolsa para transformar os dois mongezinhos em bispos.

A nau que singrava em direção à Cilícia tinha enfrentado uma tempestade ao largo da costa grega. Apavorados com esse apocalipse, os dois bispos de comédia se refugiaram no porão, onde, sob o efeito do balanço do navio, perdiam o equilíbrio, gritavam injúrias. Dir-se-ia que teriam contraído a dança-de-são-guido. Enquanto isso, Montefoschi ajudava a marujada a soltar a vela da verga, porque as borrascas ameaçavam dilacerá-la. Os marinheiros já não tinham esperança de escapar do naufrágio, mas o veneziano não cedia ao temor que se espalhava, e até a fúria dos elementos parecia exaltá-lo.

Quando o vento amainou e as ondas deixaram de ser tão altas, quando, afinal, viu-se que o barco ainda teria bons dias à frente, Montefoschi comemorou a volta da tranqüilidade: seu futuro, claramente, estava abençoado pelos deuses.

No porto de Aiás, ele festejou como um velho marujo a vitória conseguida sobre o mar. Foi visto a embriagar-se em todas as espeluncas da cidade, cobiçar as moças e entregar-se às canalhices mais desprezíveis com a rapaziada. Entretanto nem o álcool nem os breves agarrões conseguiram fazer com que esquecesse da missão a desempenhar na corte de Kublai. Até porque o ridículo de seu séqüito o preocupava. Como impressionar o imperador tendo como riqueza única dois monges imbecis e um vidrinho de óleo? Seria preciso mais. Foi ao fim dessas aventuras na cidade que ele começou a pensar que o rei da Cilícia poderia resolver o problema de sua miséria. Convencê-lo a obter soldados e uma caravana, e até mesmo, por que não, que se juntassem a ele artistas de todos os tipos, passou a ser uma idéia fixa. Negociantes e militares, taverneiros e prostitutas o repetiam, Hovsep também, este belo amigo que ele havia abordado no cais: Hetum desejava firmar sua amizade com o Khan dos khans. A ocasião faria o ladrão: Montefoschi seria o homem para aquela situação. Foi assim que o veneziano viajou até Sis e conseguiu audiência.

III

Aos vinte anos, Vartan Ovanessian, monge e pintor de iluminuras do convento de Sguevra, suscitou a admiração de seus pares pela realização de *O Evangelho de Leão II*. Mas essa obra que exaltava o divino e reconhecia a sabedoria de um rei atraiu contra ele ciúmes e inimizades. O convento transformou-se no teatro de duas facções rivais. A primeira não se cansava de ver em Vartan um gênio, a segunda suspeitava de sua fé. O cabeça desta última era um monge impetuoso que atendia pelo nome de Artavazd. Tornou cada vez menos discretas suas dúvidas quando Vartan começou a pintar alguns episódios da vida da Virgem. Os traços de Maria lembravam o de uma criada amorosa ou ainda o de uma viúva comovida com a lembrança de ternuras trocadas. Sob os véus e a seda que a vestiam, palpitavam as curvas de uma carne tenra e pura. E no céu e entre as dobras das vestes dos Reis Magos corriam reflexos de um vermelho-vinho. Tal vermelho, decidiu Artavazd, é o vermelho da impureza. Esse censor convenceu muitos monges de que Vartan era um sensual e um ímpio. Uma cabala nasceu na capela e nos jardins do claustro. O censor chamou a atenção dos conjurados para a indolência com que Vartan dirigia-se ao ofício e o sorriso de ironia fria que mantinha no instante da comunhão.

Carregando um candelabro, pálido e arqueado, os olhos animados por uma curiosidade demente, o monge caminhou uma noite para o *scriptorium*. As mãos apertadas contra o ventre, ele titubeava, pois uma cólica o incomodava desde a véspera. Quando chegou, foi direto à escrivaninha de Vartan e baixou o candelabro até um pergaminho no qual, por efeito do tremor da chama e do seu pulso, parecia agitar-se uma miniatura representando o batismo de Cristo. Artavazd triunfava. Essa nova obra revelava com impudência que Vartan era um aluno e um admirador de Estratão de Sardes, esse grego sodomita. O Cristo e o santo não fixavam nem as nuvens nem as águas, mas se uniam pelo olhar. A nudez convidava a abraços. Seguro de poder afinal demonstrar a natureza perversa de Vartan, o monge voltou a sua cela. Mas tão logo estendeu-se no catre, entrou em convulsões. Ao amanhecer, foi encontrado afásico e com paralisia dos membros superiores: a sorte sorria para Vartan.

Algumas horas mais tarde, um correio do rei ordenava que o iluminador fosse a Sis.

Seis cavaleiros cavalgavam por uma estrada que serpenteava entre ruínas e extensões de relva baixa. Quatro soldados escoltavam Vartan Ovanessian; o mensageiro de Hetum os seguia. Os soldados iam calados e esse silêncio era bom para Vartan, que podia observar à vontade a paisagem. A pequena tropa passou não muito distante do castelo de Lampron, feudo da dinastia hetúmida e fortaleza tida como inexpugnável. O jovem reconheceu o grande bosque, que tinham contornado havia pouco, do tempo de sua adolescência, quando seu pai às vezes o levava a passear pelas estradas da Cilícia. Sentia hoje como ontem uma violenta impressão de liberdade.

Kevork Ovanessian era aparentado com a família dos hetúmidas. Dono de magra fortuna, tinha uma casa de boas proporções, empregados e algum gado, como arrendatário. Era um homem amargo, de cóleras violentas, pouco dado à conversa.

Entretanto, também era piedoso. Tios e primos às vezes faziam uma parada em suas terras e à noite, em volta de um fogo, informavam-no sobre os negócios do reino, falavam da assinatura de um tratado, da obtenção de uma aliança, de uma guerra provável. Em relação a esses visitantes, ele guardava sempre uma certa distância. Só com os filhos, Haik e Vartan, o velho Kevork deixava de ser tão reservado, tentando transmitir-lhes espírito de prudência e lealdade para com o soberano. Mas não se contentava em dar-lhes sábios conselhos. À prática das virtudes, acrescentava a prática das armas. Depois de duelos com espadas, falava-lhes dos massacres perpetrados outrora pelos seldjúquidas sobre as populações armênias e excitava-lhes assim a imaginação com visões de fogo e de sangue.

Haik foi o primeiro a deixar o domínio paterno para se engajar como oficial no exército de Leão II, o antecessor de Hetum. A instrução da prática das armas teve um efeito contrário sobre Vartan. Galopar através de um campo de batalha era coisa que não o inspirava: sua única aspiração era consagrar-se à arte da iluminura que descobrira, ainda criança, num livro de orações. E essa arte só podia ser exercida por trás dos muros de um convento. Kevork aprovou o desejo do filho. Advertiu-o, entretanto, para que não esquecesse nunca de que o monge, como o soldado, deve saber manejar o sabre e decapitar com o machado, porque os claustros, como os palácios, estão sujeitos a assaltos guerreiros.

Antes que as portas de Sguevra se fechassem atrás de Vartan, Kevork fez com o filho uma viagem através da Cilícia. Queria que Vartan tivesse de sua pátria uma idéia concreta e que soubesse, ao pé de uma cruz, interceder junto de Deus para que fossem protegidos de invasões aquela terra e seus esplendores. Percorreram então mil caminhos, alimentavam-se de frutas secas e de carne seca, enchendo seu odre com a água dos regatos, dormindo em Tarso, Adana, Mopsueste, Sis e Aiás. Nos portos, Vartan se familiarizou com o tumulto dos cais e os odores misturados do açafrão, da pimenta e do gengibre. Perto das bancas de feiras, ouvia retalhos de conversas em que se lembravam os bordéis de Tabriz, as fábricas de faiança de Kaxã, as altas dunas e a névoa amarela do Tarim, as estufas que toda aldeia do Norte tinha. Ao ouvir essas lembranças trocadas pelos mercadores, nasceu nele o desejo de explorar regiões de cuja existência até então ele nem sequer desconfiara. Também se deu conta de que o mundo não se resumia aos muros de um convento, e duvidava então de poder se contentar com um único lugar e se entregar a uma única tarefa. Mas não conseguiu confessar ao pai que suas certezas começavam a vacilar.

A viagem durou quatro meses. Pouco depois de sua volta à casa paterna, Vartan passou a integrar a comunidade de Sguevra.

A pequena tropa aproximava-se de Sis. Vartan não pensava mais no convento onde tinha passado quatro anos de sua vida. Sua atenção estava totalmente absorvida pela repetição ou pela diversidade das paisagens, pela batida dos cascos sobre a areia, o saibro ou as pedras, pelo incômodo de uma roupa da qual um pano se atritava sempre contra a coxa, pelos músculos do cavalo indo e vindo sob a pelagem. Planejava representar um dia com seus pincéis o efêmero movimento das coisas. E voltavam-lhe à memória as discussões dos mercadores de Aiás. Em verdade, as lembranças deles, muito freqüentemente, tinham ocupado suas noites e suscitado visões. Ao contrário dos outros monges, Vartan quase não se via em sonhos, depois de uma vida de penitência, ao lado dos santos e dos arcanjos. Pecava por indiferença em relação a tudo que não fosse sua arte, e não tinha nenhuma vergonha disso. Em sua cela ou em sua escrivaninha, atormentava-o apenas o pensamento de não poder reproduzir o verde penugento da amendoeira ou um vermelho sangüíneo. Em Sguevra, como na estrada de Sis, tinha uma única obsessão: pintar as maravilhas do mundo. Nesse momento é que a capital da Cilícia se abriu diante dele, com seus casebres, suas residências patriciais, seu palácio, seus jardins. Viu mulheres perto de um poço e crianças rolando na poeira, homens que mendigavam e cachorros cochilando à sombra de uma árvore. E eis, dizia ele, o universo onde as coisas acontecem e onde se morre.

IV

A caravana estacionou em Sis, onde Hetum II deu-lhe um chefe na pessoa de Vicente Montefoschi. O rei providenciou também uma milícia para velar pela segurança de Vartan e dos mercadores pelo menos até Tabriz, porque, depois de lá, as estradas do império mongol tinham a fama de ser seguras. O único perigo provinha dos demônios que povoavam os desertos e os vales. O aço mais bem temperado, o coração mais imune às tentações não resistem à fulguração de seus assaltos. Mas às vezes esses incontáveis demônios ignoram os viajantes. Escondem-se nos céus ou nas folhagens, invisíveis e mudos. O medo, porém, é o fiel companheiro de quem atravessa as planícies e sobe as montanhas. Todos — monges, mercadores e soldados — farejam o que inevitavelmente lhes reservam os caminhos da Ásia, esses caminhos barrentos ou verdes de uma relva abundante, esses caminhos cercados de ruínas. Sonhos ou sinais celestes os tinham convencido de que seu corpo e sua alma sofreriam uma metamorfose, fosse ela degradante ou não. E todos, apesar dos sonhos e avisos, partiam em busca de riquezas, dispostos a afrontar as trevas ou a luz deslumbrante de uma região sem nome.

A caravana ocupava a praça do mercado de Sis e transbordava pelas ruas vizinhas. Aproximava-se a hora da partida. Uma poeira áspera e incessante subia por entre os animais e os homens, fazia círculos em torno das patas e das pernas como amarelos e ardentes gases vulcânicos. Numa progressão irreprimível, cobria torsos e cabeças, formava rapidamente uma ampla nuvem que se movia aos arrancos, vacilava, dissipava-se aqui e ali, mas nem por isso deixava de subir até os telhados. A efervescência dos mercadores dava uma estranha impressão de tempestade. Os cavalos, as mulas e os burros arranhavam o chão com as patas e escoiceavam, os camelos mostravam-se irritados. Apertavam-se as correias dos fardos de pano grosseiro com cheiro de cal. O forro das cinturas guardava ouro e pérolas. Nessa confusão, estalavam ou urravam vozes: vozes agudas, roucas, engroladas pelo vinho, vozes de espanhóis, francos, judeus e dos armênios. Eram as vozes da exasperação e da impaciência. Também se gesticulava muito. Dedos indicadores apontavam para uma rédea, para estribos, uma ferida em uma ilharga, uma arca frouxamente amarrada, uma arma mal polida. Três intérpretes bebiam um vinho branco num canto da praça, indiferentes ao barulho. Carregando cântaros e anunciando água ou alguma bebida alcoólica, mulheres abriam caminho através da multidão. Um franco que amava as moças e previa a própria morte — seu olhar já mostrava o brilho dos gelos que petrificam e o fogo dos sóis que incendeiam — marcou encontro com elas para um século depois.

Vicente Montefoschi apareceu, enfim, seguido de Vartan. O veneziano, sabia-se, impunha respeito ali por sua amizade com o rei da Cilícia, com o papa e com Kublai. Sua chegada anunciava que era tempo de deixar a capital e partir para aquelas cidades onde se troca a esmeralda por peles de animais, o garoto de prazeres pela mocinha. Os viajantes esperavam o sinal de partida, febris e ansiosos, infantis e brutais, carregados de preconceitos e sedentos de aventuras, impregnados de sua fé e de superstições, a imaginação cheia de contos de Alexandria, a cabeça transbordante de cifras e de cálculos complicados. Uma imensa onda de alegria percorreu a praça quando Montefoschi montou em seu cavalo. Por sua vez, mercadores e guias alçaram-se a suas montarias. Era uma importante caravana de não menos de sessenta homens que deixava atrás de si Sis e sua história.

V

Montefoschi ruminava uma raiva violenta. Os dois monges — triste séqüito que lhe legara o papa — tinham fugido da cidade. Aqueles dois raquíticos tinham se apavorado com as histórias de terras devastadas e corpos torturados que lhes tinham contado os marinheiros. Mas os dois poltrões eram ardilosos e tinham o negócio no sangue: tinham levado com eles as ricas vestes que seu chefe lhes dera, pensando em passar nos cobres o menor galão, o mínimo bordado, o mais fino fio de prata. Montefoschi não duvidava disso e por isso queria transformá-los em escravos. E sua cólera aumentou porque Vartan Ovanessian tentava com obstinação entabular conversa com ele. Fazia perguntas, citava em voz alta o que via, um horizonte de brumas, campos, pantanais. Montefoschi detestava os jovens faladores. Afinal, Vartan se cansou de falar com um mudo e também se fechou no silêncio. Lembrava-se da véspera da partida, o jantar que tinha reunido um monge, um mercador e um rei. Durante a refeição, tinha observado com calma o veneziano. Uma força impositiva, inflexiva e perturbadora emanava daquele homem. No fim da noite, ele tinha aberto um mapa preparado por um especialista do Cairo. Traçando com o dedo o itinerário que Vartan e ele percorreriam a partir do dia seguinte, designara cidades e rios, maciços montanhosos e desertos. Quanto mais enumerava lugares, mais sua voz se apagava. Era a voz de quem se abandona a um sonho. A observá-lo, Vartan achou que Montefoschi tinha a estatura de um rei. Mas sua intuição lhe dizia com precisão que ele seria rei de um reinado efêmero, cavalgando entre cidades destruídas pelo fogo e ao longo de lagos assoreados. De repente, o veneziano inspirou-lhe um sentimento aparentado com a amizade. Sentia-se prestes a acompanhá-lo no ponto em que uma dinastia nascia do acasalamento de um lobo azul e uma corça, no ponto em que se erguem portas de ouro, no ponto em que o mundo se revelava talvez ilimitado. E ele também naquele momento se perdia num sonho.

À noite, junto de um fogo, Montefoschi sentou-se ao lado de Vartan e, sem preâmbulo, determinou-lhe que fizesse voto de silêncio durante o dia, porque falar sem medida aumenta a sede, os lábios se gretam e o peito logo começa a queimar. Desse modo, mercadores que falavam sem parar e irrefletidamente foram obrigados a se calar, a garganta indócil. Tudo que lhes restava era o desejo da morte. E, como se se dirigisse a si mesmo, Montefoschi acrescentou que há confidências inúteis e entusiasmos vãos. Deu em seguida um rápido sorriso e se afastou.

Vartan ficou ainda muito tempo ao pé do fogo e só dormiu no fim da noite. Ao raiar o dia, Montefoschi o sacudiu sem cerimônias. Algumas horas mais tarde a caravana entrava na Turcomania.* Havia campos de algodão e campos de trigo, bosques de carvalhos e uma extensão de água que se afilava bruscamente entre rochas como um fio de fogo baixo. Afinal, sob um céu muito azul e entre um murmúrio de água de mananciais, surgiu a cidade de Kaiseri.

---

*"Turcomanie", no original, região de cuja existência não encontrei registro em nenhuma enciclopédia ou atlas histórico consultado. Pela proximidade prosódica e gráfica, poderia ser que o Autor quisesse se referir à Turcomênia ("Turkménie", em francês.). Mas só por isso. Geograficamente a Turcomênia é muito distante dessa região central da Turquia (Capadócia), onde está, por exemplo, a cidade de Kaiseri, citada logo a seguir. A Turcomênia, ou Turcomenistão, fica a leste do Mar Cáspio. É mais provável que o Autor, ao falar em Turcomania, refira-se a um ponto da Turquia onde estivesse reunido, na época em que se passa seu romance (século XIII), algum grupo de turcomanos, povo turco de religião muçulmana que hoje se espalha pela Turcomênia, pelo Usbequistão, pelo Cáucaso, pela Rússia européia, pelo Afeganistão e pelo Irã. A preocupação nesse sentido é porque, se a história que se desenvolve no romance é ficção, não o é a geografia política. *(N. do T.)*

VI

No pátio de um caravançará de Kaiseri em que nossos viajantes estavam estacionados, degolavam-se cordeiros e acendiam-se fogos. Um cheiro de pêlo queimado, de couro, de sangue e de gordura impregnava os corpos, as árvores e a penumbra que envolvia as bestas de carga.

O responsável pelo caravançará tratava aos berros uma coorte de empregados e auxiliares de cozinha. Tinha encarado longamente Vartan à sua chegada. Inclinando-se diante dele, seu olhar se tinha desviado do hábito de lã para demorar-se sobre o crucifixo preso ao pescoço por uma cordinha.

Ao quarto onde agora repousava o jovem, um adolescente levou um prato de carne, frutas e biscoitos. Fixou o monge com insistência, como se examina o rosto de um inimigo. De repente, inclinando-se de modo incisivo, tocou de leve no crucifixo. Vartan fez um movimento instintivo de recuo. Jamais ninguém tinha tocado o humilde ornamento de madeira, quanto mais um estrangeiro. O gesto o tinha exasperado, porque ele era intolerante quanto a qualquer familiaridade a seu respeito. O adolescente o esquadrinhava de alto a baixo sempre com o mesmo olhar hostil. Resmungou algumas palavras num tom aparente de insulto, depois se afastou. Esse comportamento singular, em si mesmo pouco importante, fez aflorar em Vartan uma inquietude incubada nos últimos dias. Examinou o cômodo onde ia dormir. Tudo, do catre às sombras, pareceu-lhe pesado de ameaças. Apertou o crucifixo contra o peito. Mas isso teve pouco efeito sobre o mal-estar que o dominava. Na Anatólia como em Sguevra, decididamente ele não conseguia se livrar desses momentos de angústia.

A visão de qualquer prato de comida o incomodava. Foi à janela, respirou o fresco da noite. Mercadores discutiam num canto do pátio. Os fogos assumiam tons avermelhados como nas planícies em que os nômades se reuniam, barulhentos. Vartan se afastou da janela certo de estar sendo observado. Foi nesse momento que Montefoschi empurrou a porta do quarto. Observou que Vartan não tinha tocado em sua refeição, que estava pálido e tenso. Mas não fez nenhum comentário, pôs ao lado da cama um fardo que desatou no ato, mostrando as roupas que se espalharam pelo chão e afirmando que eram roupas de mercador. No dia seguinte, continuou ele, Vartan deveria trocar o burel pelo sobretudo grosseiro. Nas terras que iriam atravessar, prosseguiu, as guerras há muito tempo eram a soberana absoluta. O menor dos camponeses adquirira um espírito belicoso. E os maometanos cortavam facilmente o pescoço dos padres e dos monges cristãos. Reinava a paz naquele momento, mas um ódio ancestral se dissimulava por trás das atitudes de hospitalidade, concluiu Montefoschi. Com essas palavras, invocando a prudência, despediu-se.

Quando acordou, Vartan não tinha de seus sonhos mais do que uma imagem nebulosa. Essa imagem lembrava-lhe uma pessoa e essa pessoa era seu pai. No dia seguinte ao da sua instrutiva excursão através da Cilícia, Kevork tinha introduzido novos hábitos: fazia a partir daquele dia suas refeições no quarto, no qual proibia a entrada da mulher e dos filhos. Só Ripsiméia, uma criada, teria o direito de entrar lá. Vartan, intrigado, perguntava a ela todos os dias sobre o estado de saúde de seu pai e sobre as necessidades que a mantinham por tão longo tempo no quarto. A criada respondia estar essencialmente ocupada em cuidar de uma ferida supurada no pé direito de seu patrão. E ia mais longe na resposta. Esfregar o pus com a esponja e remover com a ajuda de uma faca as partes mortas não a repugnava. Uma semana se passara quando uma mulher que cuidava da roupa branca da casa espalhou a notícia de que Ripsiméia tinha rompido com o noivo. Vartan sentia claramente que todos esses acontecimentos se ligavam, e esse mistério ocupava seus pensamentos. Uma noite, entreabriu a porta do quarto do pai. O que viu o surpreendeu para além do que poderia imaginar. Nua, Ripsiméia abraçava Kevork. Ele gemia e a moça embalava sua lenta agonia. Panos e cobertas envolviam uma perna descarnada. Um cheiro de carne putrefata saía do pé transformado em chaga. Diante de tal visão, Vartan fugiu. Um mês depois de estar integrado à comunidade de Sguevra, uma carta da mãe anunciou-lhe a morte do pai. Na mesma carta, falava da morte de Ripsiméia. A criada, cuidando de uma colméia, tinha sido atacada pelas abelhas e não resistira às picadas. A fim de apagar a visão daquele corpo nu abraçando o ancião, Vartan fizera a iluminura *O Evangelho de Leão II*. Deitado na cama ruim do caravançará em Kaiseri, revivia aquela noite em que, à cabeceira de um homem, a ternura e a nudez tinham acompanhado a morte.

Chegara a hora de preparar a partida. Mas Vartan não se resolvia. Chorava silenciosamente a lembrança de seu pai e de Ripsiméia. A lembrança daquele calmo abraço o confrontava bruscamente com a existência de um sentimento a que ele ainda não ousava dar um nome e entretanto esperava provar um dia. Quando despontavam neles as emoções que o superior do convento condenava como a sobrevivência do espírito da luxúria, os monges de Sguevra entregavam-se a mortificações. Vartan, a exemplo dos outros, impunha-se privações. A mais dolorosa delas consistia em deixar de freqüentar o *scriptorium*. Rezando na cela, pensava inevitavelmente na felicidade de que poderia estar desfrutando a preparar os pigmentos ou a pintar o manto de São João, e à qual se recusava. Hoje ele se rebelava contra essas macerações e a razão era simples: nada lhe parecia mais comovente, mais necessário do que o amor que unia Kevork e a criada. Invejava-os. E tinha pressa de descobrir nas cidades persas e nas cidades do Oriente, de conhecer enfim o que uma moça e um moribundo tinham conhecido.

O dia estava brilhante como os seixos do leito seco de uma corrente de água. No pátio do caravançará, um vento surdo e de uma tepidez arenosa sacudia a confusão de cordas e os arreios pendurados. O fedor dos excrementos vários misturava-se aos eflúvios de madeira preciosa. Um soldado esfregava seu cavalo com um punhado de palha. Um azul da cor do véu da Virgem Maria abria um corte no céu cinzento. Construções, animais e homens pareciam de vidro polido. O azul-celeste se fez mais azul ainda. Essa luminosidade era como um apelo, um convite à aventura. Então, em seu quarto, Vartan tirou o crucifixo do pescoço e vestiu-se como um mercador.

VII

Os seldjúquidas, há pouco vencidos pelos mongóis, tinham abandonado as planícies da Turcomania e continuavam nas montanhas. Grandes rebanhos de carneiros pastavam uma relva dura de um verde-amarelado. Alguns pastores se perfilavam à beira dos pastos, enigmáticas silhuetas negras, fantasmas em pleno meio-dia.

Em Sivas o comércio era florescente, graças à tecelagem de tapetes e aos panos de seda. A caravana lá ficou por quatro dias. Depois avançou sobre extensões mornas onde abundava a caça e sob um céu de nuvens de algodão em que ficava gravado o vaivém das águias. Entre Sivas e Erzincã havia trapos azuis enganchados em carcaças de cavalos. Lá se travaram batalhas, mas o tempo tinha passado e a areia tinha bebido o sangue derramado. Fazia meses que os viajantes haviam voltado a passar por aquelas estradas. Sob árvores, à margem das cidades, as mulheres esmagavam grãos no pilão. Dir-se-ia que pareciam animaizinhos indiferentes. Rapazes quase nus roçavam gramíneas altas cor de âmbar claro. As campinas ondulavam como monstros marinhos ondulam. Às vezes a caravana cruzava com uma outra. Não se trocava uma única palavra. Os homens nem viravam o rosto.

As paisagens se repetiam. Apenas uma muralha de um verde opaco, juncos parecendo zarabatanas plantadas na argila, uma nuvem de insetos, um menino subindo por um atalho chamaram a atenção de Vartan. A impressão que se tinha é que ele recitava algumas orações, como se masca uma folha qualquer, mas quem o ouvisse saberia que não era nada disso. Ele murmurava louvores a Ripsiméia e Kevork, e entre dois suspiros cantava a lembrança do vestido azul da criada e do olhar sereno de seu pai. Montefoschi às vezes o observava e se espantava de ver que ele vestia seus novos trajes como se tivesse sido mercador a vida toda. No fundo, Montefoschi alegrava-se de ser seu guia.

A dois dias de Erzincã, surgiu um homem como que expelido de um trecho mais espesso de bosque. Gesticulava e gritava condenações. Quando um dos membros da caravana quis se aproximar dele, escafedeu-se. Em poucos segundos não era mais do que um ponto negro gemendo na campina. Vartan o esqueceu, como tinha esquecido das carcaças dos cavalos e das águias no céu. Estava atento, nesse momento, à conversa de um dos homens da caravana com Montefoschi. Sabia desse homem que se chamava Hovsep e que era de Adana. Vartan se aproximou: a maneira pela qual Montefoschi escutava aquele homem o intrigava. O veneziano se debruçava sobre ele com gravidade, com excessiva atenção até, indiferente ao fato de que seu companheiro falava em voz alta, o que era espantoso diante de sua sensibilidade exigente em relação ao silêncio. Hovsep dizia que, a julgar pelo homem que tinha surgido do bosque, a peste grassava na aldeia que se via não muito longe dali.

Os cavalos estavam esgotados. Caía a noite. Uma parada era essencial. Montefoschi então mandou armar as tendas a pouca distância da aldeia. Os soldados se postaram a intervalos regulares diante delas, a fim de prevenir a intrusão no acampamento de uma população que, fugindo da epidemia, tentasse se refugiar junto dos viajantes.

A refeição correu silenciosamente. Perguntava-se se Erzincã, a etapa seguinte, seria vítima do mesmo flagelo. Mercadores criticaram Montefoschi por acampar tão perto de um lugar amaldiçoado. Mas, segundo o veneziano, estava fora de questão viajar de noite, sobretudo com os animais cansados daquele jeito. Hovsep, pela primeira vez, estava sentado ao lado de Montefoschi e de Vartan. Fazia ponta, com uma faca, nos ramos finos de um arbusto que tinha arrancado do chão. De tempos em tempos jogava uma dessas flechas ao acaso sobre um dos mercadores. Um encolher de ombros ou protestos bem-humorados eram as respostas dos atingidos. Cansado de fazer ponta na madeira e das ameaças que lançara sobre a epidemia, levantou-se declarando que a peste era pura invenção de sua parte, e em seguida deslizou até a tenda de Montefoschi, que o alcançou pouco depois. A estupefação e a ira foram as reações à sua confissão. Depois houve uma explosão de risos. Os homens pareciam habituados àquelas mentiras e gracinhas.

Vartan não ficou mais do que uma hora em sua tenda. A enigmática identidade de Hovsep o mantinha acordado. Aquele homem não podia ser um mercador: não tinha nem mula nem camelo e sua bagagem se restringia a dois pequenos fardos. A evidente cumplicidade entre ele e o veneziano não lançava qualquer luz sobre o enigma, antes o tornava mais obscuro. Em presença dele, Montefoschi por vezes tinha um olhar de inquietude e de contida aflição. Bem antes da aurora, Vartan arrastou-se até a tenda do italiano. Só ouviu a respiração dos que dormiam. Ousou levantar a cortina da entrada: duas sombras estavam deitadas à distância uma da outra. Vartan ficou frustrado. Mas, daí em diante, sempre tentaria decifrar os segredos que envolviam o embaixador do papa e Hovsep, aqueles homens misteriosos. Vartan projetava pintar um dia a Paixão de Cristo. Os dois ladrões teriam as feições de Hovsep e de Montefoschi. Quanto ao Cristo, ainda não tinha encontrado o rosto no qual se leria o sofrimento na última provação.

Naquela mesma noite, um mercador tomou a decisão de se separar da caravana em Erzincã. Muito jovem, de constituição robusta, nem por isso podia ter certeza de que chegaria à velhice. Roger de Narbonne, esse o seu nome, cujo desapego e cujo comedimento tinham sido admirados inúmeras vezes, continha-se desperadamente agora para não gritar ao vento sua angústia.

Desde a partida de Sis, tinha ele reconhecido em Hovsep o futuro responsável por sua ruína. Havia dez anos Hovsep nutria por ele um ódio selvagem, tenaz, absoluto. O testemunho de Roger de Narbonne, quando da prisão por roubo do armênio e do processo que se seguiu, pesara decisivamente na deliberação dos juízes e os levara a decidir por um castigo exemplar. Um mês depois Roger soube que Hagop Karagueuzian — um parente de Leão II da Cilícia — tinha se empenhado, com sua fortuna, sua influência na corte e sua reputação de alta moralidade, em convencer o rei a libertar Hovsep. E o conseguira. O fugaz prisioneiro empregou-se então como criado na casa de Hagop. A clemência real tinha deixado Roger de Narbonne arrasado, porque a curto ou a longo prazo ele estaria sob o perigo da faca do ladrão. E também abreviaria daí em diante suas temporadas na Cilícia, aonde transações comerciais o levavam freqüentemente.

Por infelicidade, o homem juntou-se à caravana de que Roger de Narbonne fazia parte. Logo que viu Roger, Hovsep lhe disse que o melhor para ele seria renunciar à viagem. Na verdade, desde que tal indivíduo tinha sido posto em liberdade, uma única sensação dominava a existência de Roger: o medo. Esse medo tinha assumido a dimensão de seu corpo, de seus pensamentos, preenchia seus sonhos. Mas alguma coisa também se rebelava nele. Um mago, outrora, previra-lhe exatamente que ele estaria no coração de um combate. Deveria ele, desse modo, submeter-se a seu destino, encarnado por um sinistro ladrão? Não saberia ele vencer esse medo infernal, a fim de que a predição se tornasse uma mentira? De qualquer maneira, desde Sis ele suportava o medo e desafiava a ameaça.

Montefoschi, tanto quanto Hovsep, não lhe tinha dirigido a palavra. Ao ver repentinamente os dois conversando, Roger ficara mais angustiado. Como em Sivas, ele surpreendera fragmentos de uma conversa entre mercadores à sombra de uma folhagem. Soube assim que uma conspiração se tramava contra ele, instigada por Hovsep. Pela conversa, percebera que Hovsep os tinha convencido de que ele, Roger de Narbonne, utilizaria toda a sua fortuna para comprar em Tabriz tantas peças de ouro e de panos de seda que isso causaria uma inflação de preços, o que seria a ruína para muitos deles. Ao ouvir essa mentira, o medo o dominou como nunca. Mas foi impossível fugir, porque os mercadores o espreitavam a cada minuto. Restou-lhe a esperança de um eventual relaxamento dessa vigilância na etapa seguinte.

E sempre montanhas coroadas de brumas, e sempre aquele tom violáceo adamantino dos fins de tarde; e sempre rebanhos de carneiros com seus pastores, sempre carniças sobre uma imensidão ondulada. Seria assim até Erzincã.

Todas as noites, Roger de Narbonne se esforçava para não dormir. Ansioso, estendia-se no chão, não longe dos soldados armênios, e não se afastava das fogueiras a não ser para se aliviar. Por isso os soldados cobriam de ironias esse homem que tinha de tirar as calças diante deles.

Deu-se até, durante uma parada, que ele provocou Hovsep com críticas acerbas, mas Hovsep bancou o surdo e Roger não obteve sucesso, voltando a ser objeto de um ostracismo discreto mas real por parte dos caravaneiros. Roger se perguntava se Vartan tinha sido chamado a participar do complô que se armara contra ele, se o monge não teria a alma negra dos mercadores, dos aventureiros e dos embaixadores.

Às portas de Erzincã, Roger de Narbonne encheu-se de coragem e dirigiu a palavra a Vartan. Insistiu para que Vartan lhe concedesse uma entrevista que lhe parecia de importância fundamental para sua salvação. O monge inicialmente o tomou por um desses tipos cuja imaginação apavorada com o terror do inferno convertia o pecadilho mais leve em pecado mortal. Mas o homem, seduzido pela esperança de encontrar nele um aliado, garantiu-lhe com um olhar que não havia nenhuma loucura, nenhum pânico. Vartan concedeu-lhe então a entrevista.

A conversa, ou antes, o monólogo do narbonense, foi dentro de um caravançará de Erzincã, no quarto de Vartan. Roger dominava relativamente a Armênia. Sem preâmbulo, enumerou as cidades onde tinha enriquecido e aquelas onde os trapaceiros o tinham enganado. Deu um sorriso malicioso apalpando sua ampla cintura. Nessa faixa de tecido azul tinha costurado um pequeno tesouro que logo espalhou pelo chão: pérolas, peças de ouro e um broche com rubis engastados. Se acaso decidisse voltar a Narbonne, esse broche seria de sua mulher. Por ter ouvido as histórias dos mascates e dos negociantes, histórias que falavam de rios mais verdes do que a esmeralda e que a relva da primavera, de cidades brilhantes como o aço, tinha abandonado o leito conjugal, sua casa e seu pomar. Mas às vezes ficava convencido de que seu dever era voltar à província natal e, por conseqüência, à esposa e aos dois filhos. Não passava isso, porém, de um pensamento furtivo, porque estava subjugado pela visão das terras fabulosas que percorria e nunca tinha coragem de renunciar à contemplação de um céu que, ninguém podia duvidar, inventara o raio, a peste e os anjos. Amava a poeira das estradas e os estranhos animais que povoavam os bosques e os desertos. Amava os monstros dormindo entre as dunas e aquele cheiro de guerra que impregnava as árvores e o chão. Pérolas, ouro, o broche, lá estava toda a sua fortuna. E, como Vartan podia ver, suas mãos tremiam e de sua fronte corria suor abundante. Temores o atormentavam. As Fúrias o perseguiam. Odiavam-no, tinham planejado sua morte. Insensatos gravitavam sem cessar em torno dele. E, depois, havia Hovsep e sua vingança.

"Hovsep?"

A voz de Vartan era muito doce.

Roger de Narbonne fez silêncio repondo na cintura seus magros tesouros. Por alguns instantes, diante do monge impassível, lembrou-se de muita coisa e lamentou seu pomar, sua mulher e os dois meninos. Mas a curiosidade que a simples menção ao nome de Hovsep suscitara em Vartan dissipou nele o sentimento de nostalgia. Uma presença invisível, exatamente a de Hovsep, tinha se infiltrado entre eles. Pelo menos foi isso que Roger sentiu. Tomado por uma vertigem, sentiu um cansaço profundo. O tempo das viagens estava se acabando. E, bem lá no fundo, Roger surpreendeu-se de novo ao aceitar a idéia da morte e a maneira pela qual ela surgiria. Era um homem vencido, que bruscamente se levantou e, sem mesmo um pedido de desculpas, saiu.

Protegida por uma muralha onde pontificavam torres de vigia, Erzincã erguia-se à margem direita do Karasu ("Rio Negro"). No meio das vinhas que rodeavam a cidade anatoliana, um camponês, num dia de junho, tropeçou no cadáver de um homem, a garganta e o sexo cortados, a cabeça reduzida a uma papa vermelha de ossos e de carnes. O estado do rosto e a ausência de qualquer roupa tornavam impossível uma identificação. O camponês tinha três filhos. Reuniu-se com eles para resolver o que fazer. Repugnava-lhes dar ciência de sua descoberta ao governador de Erzincã. Ainda tinham na memória o caso de um de seus primos confrontado com situação idêntica. O rapaz alertou as autoridades da cidade sobre o cadáver de um homem que jazia num campo, o peito rachado, as pernas laceradas. Um seldjúquida conselheiro do governador acusou-o de ardiloso e impudente. As chagas tinham sido provocadas por uma podadeira. E quem senão os vinhateiros trabalhavam com tal utensílio? Acusado de assassinato, o primo foi decapitado. O camponês e sua descendência tinham aprendido a lição. Carregaram o cadáver para casa e à noite o jogaram nas águas do Karasu.

Ninguém deu parte à milícia armênia nem ao governador da cidade do desaparecimento de Roger de Narbonne. Mas uma manhã Vartan surpreendeu Montefoschi, Hovsep e alguns mercadores em conciliábulo em volta das mulas do narbonense. Como um negociante de muares, Hovsep apalpava as patas e os flancos dos animais. Repartiram-se entre eles por fim os fardos de pano e cada um voltou a seus afazeres.

VIII

Era o fim da tarde. O céu ia ficando alaranjado e as neves, no pico das montanhas, pareciam madrepérola. No caravançará, abandonado pelos mercadores — os persas tinham ido aos banhos, os judeus e os francos trocavam seus panos de Flandres por tecidos mais finos —, restavam apenas os soldados de Hetum. Tranqüilizados por uma brisa recendendo a forragem e a pedra calcinada, calculavam, num último esforço, quantos dias os separavam de Tabriz e quantas noites faltavam para seu retorno à Pequena Cilícia. Seu comandante lhes contava sinuosas histórias nas quais raptos de mulheres, cavalos mais rápidos que o raio e gloriosos feitos d'armas compunham uma paisagem alexandrina.

Montefoschi e Hovsep tinham ido às ruas da cidade para tratar de algum negócio ou talvez simplesmente se misturar à multidão e caminhar. Vartan quis acompanhá-los. O veneziano o impediu de sair, porque a palidez do miniaturista era indício de um cansaço próximo do esgotamento. Não queria apresentar a Kublai um monge exangue. Na verdade, Montefoschi queria iniciar, sem testemunhas, Hovsep nos esplendores de uma cidade que tinha visitado outrora.

Frustrado, Vartan, sozinho, errou pelas salas e cozinhas, informou-se com os soldados sobre a quantidade de alimentos necessária como provisão para chegar até Erzerum, mordiscou, por fim, pedaços de nozes confeitados num xarope de uvas, porque por natureza era comilão. Em Sguevra, afastava-se voluntariamente da despensa para não ceder à tentação. Mas no caravançará, onde não mais vigoravam as regras conventuais, cevava-se no mel e nos doces. Ainda que se regalasse, estava sempre entediado. Deixou a penumbra dos corredores e a fornalha dos pátios para largar-se em seu quarto, onde se entregava ao ócio. Do pequeno cômodo onde havia da manhã ao fim da tarde um frescor de outono, podia perceber a grande repercussão dos barulhos da cidade. Essas ondas ruidosas provocavam seus sentidos convidando-o a um passeio. Estendido sobre o catre, não sentia cansaço e se revoltou contra Montefoschi, que abusava de sua autoridade arrogando-se o direito de julgar se ele era ou não capaz de dar uma saída. Resolveu então aventurar-se a um passeio pela cidade. Decisão tomada, agiu rapidamente. De um baú, desenterrou seu hábito. Estava amarrotado, sujo, a bainha endurecida pelo barro seco. Sob o hábito, amarrou à cintura um cordão do qual pendia uma bolsa arredondada com os dirhames* que Hetum lhe dera no momento da partida. Assim, graças à bondade de um rei, a indigência de Vartan era apenas aparente. Quando chegou à porta do caravançará, alegrou-se por transgredir as ordens de Montefoschi, por ser monge quando quisesse e tornar a ser mercador quando voltasse à fantasia.

Erzincã se espalhava por terraços. Nos mais altos brilhava uma luz cristalina, os mais baixos se amontoavam em meio a sombras crepusculares. Apressado, Vartan passou pelos mais

*Dirham (ou dirhem) é o nome de uma antiga moeda árabe e turca. Etimologicamente, trata-se de corrupção da palavra grega dracma. Modernamente (1959), o Marrocos retomou o termo para designar sua unidade monetária. *(N. do T.)*

baixos no rumo dos mais altos, trocou um veludo sombrio por uma apoteose de lilases e azuis com nervuras de ouro. Evoluía em um mundo marinho, um espaço cintilante de reflexos. Admirava o esplendor do fim de tarde sobre a cidade, mas o rosto de Montefoschi, às vezes, flutuava às portas do pequeno comércio, sobre as paredes lisas, sobre as pedras batidas pela noite que vinha chegando. Buscava afastar essas visões para se abandonar ao desejo de pintar Erzincã como nova Babel — ou como cidade celeste.

Aqui, Vartan teve a intuição de haver nascido para a agitação do mundo e as oportunidades inúmeras. Deslizava com facilidade por aquele labirinto. Como Aiás, Erzincã era um grande alarido naquele fim de tarde de premonições, de promessas e de ilusões.

Sentiu uma fraqueza ao se aproximar do último terraço. Apoiou-se contra uma parede, um braço em asa, a fronte sobre o antebraço. Com uma dor aguda no coração, não teve força para se manter apoiado sobre a parede de pedra. Dobrou-se sobre o chão e assumiu lentamente a posição do soldado que com seu escudo não conseguiu se proteger de uma espada e se ajoelhou na poeira.

Curiosos se acotovelaram em volta desse monge desfalecido. Do grupo de curiosos, três soldados de Hetum avançaram. Vartan não tinha percebido, no instante em que cruzou a porta do caravançará, que esses três homens o seguiram, pois tinham recebido ordem de Montefoschi de velar por sua segurança, se acaso ele se entregasse ao desejo singular de se arriscar pela cidade. Os soldados o ergueram com cuidado e iniciaram a descida dos terraços para levá-lo de volta ao caravançará.

Agora, uma mão segurava a sua, sem apertá-la. A doçura do gesto não fazia com que cessassem as rudes pontadas de uma dor que parecia uma verruma furando-lhe o peito. Alguém se debruçou um pouco mais sobre ele, como se se esforçasse para surpreender os ecos de um sofrimento que vinha do fundo de Vartan. Houve um estremecimento. Vartan reconheceu Hovsep. A mão deixou a sua para agarrar-lhe o pulso. Sem razão, ficou apreensivo. Sentiu como que uma correia de fogo que lhe queimava o peito, da cintura aos ombros. Gemeu, e a mão se retirou. O olhar de Hovsep não revelava nenhum sentimento. Era o olhar do médico que avalia a resistência de seu próximo quando da expansão de uma doença.

Com um objeto que brilhava, Hovsep tocou-lhe de leve o rosto. Havia letras gravadas naquele objeto, ou um sinal. O objeto cintilava à luz do fim do dia; uma antiga máscara ou um ornato peitoral; ou o traço único de uma civilização desaparecida. Hovsep deu-lhe a informação: era um tijolinho de ouro que servia de salvo-conduto em toda a extensão do império dos mongóis. Kublai o tinha dado a Montefoschi. Peça gêmea estava guardada num cofrezinho. Valiam mais aos olhos das populações bárbaras e dos ladrões do que o brilho de uma lâmina ou que a milícia armênia. Garantiam proteção e respeito. Conferiam em qualquer hipótese a um viajante uma história, uma qualificação, um destino. Exibi-la era conseguir cavalos imediatamente. São peças úteis num périplo tão longo porque no coração dos desertos e nas cidades batidas pelos ventos quem teria conhecimento do reino da Cilícia e de seu piedosíssimo rei?

Hovsep aplicou o tijolinho sobre os lábios, as maçãs do rosto e a fronte do doente. O ouro era morno como um fruto debaixo do sol do meio-dia. Essa estranha imposição chocou o monge. Até então ele só beijara crucifixos. Mas a febre imperiosa fazia com que ele mergulhasse numa pesada sonolência.

Hovsep depositou no chão o tijolinho de ouro para contemplar livremente Vartan. Depois suas mãos apalparam o torso do rapaz, que parecia dominado por um estranho sono. Vartan fechou os olhos a esse toque, mas afastou com um braço as mãos que agora se mantinham sobre seus ombros. Hovsep não fez mais um movimento. Para surpresa sua, Vartan o atraiu de repente para si. Então as mãos retomaram sua exploração. Um dedo redesenhou o contorno dos lábios do doente, uma unha pressionou os dois planos do rosto, o fio do nariz, as têmporas. As mãos vagabundaram sobre as coxas e o ventre, abandonaram por fim sua rota sobre a carne. Hovsep absolutamente não desejava aquele grande corpo sofrendo tremores. Simplesmente estava tranqüilo: a nudez do jovem não era daquelas que comoviam Montefoschi. Vartan abriu os olhos e Hovsep começou a desfiar um pouco das histórias de sua vida. Não escondeu nada de suas pilhagens, mas calou sobre seus crimes. Quase num sopro, Vartan lhe pediu que saísse do quarto.

Os suores se produziam vinte vezes por dia. O estado do doente desesperava Montefoschi. Toda a sua atenção agora se concentrava sobre esse monge cuja morte não desejava, pois não podia imaginar-se diante de Kublai sem o miniaturista a seu lado. Sem isso, corria o risco de ser para seus contemporâneos — e para aqueles que redigiriam os anais de um século consagrado ao negócio e impregnado de uma fé ardente — apenas um vulgar aventureiro, um homem entre os homens loucos de ambição e dominados por sonhos insensatos.

Pequenas chagas avermelhadas apareceram certa manhã nos joelhos de Vartan, de resto cada vez mais sujeito a crises de tétano. Vartan não se queixava e Montefoschi nisso o admirava. Mas as drogas administradas e os emplastros aplicados pelos médicos começaram a fazer com que os abcessos regredissem e a febre caísse.

A partida de Erzincã foi adiada por uma semana, uma ordem do veneziano. Prolongar a parada lá até que um monge recuperasse a saúde exasperava os mercadores. Por prudência, eles ainda não se revoltavam abertamente contra essa decisão. Montefoschi era um protegido de Hetum e os soldados armênios não deixariam de denunciar ao rei essa cólera e essa insubmissão dos mercadores. O futuro comercial deles em Aiás poderia ficar comprometido. E a maior parte deles achava melhor continuar de boca fechada por causa da lembrança de sua participação no assassinato de Roger de Narbonne. Tinham pressa de chegar a Tabriz, de dedicar-se a seus negócios, de juntar-se a uma outra caravana que os levaria de volta a um porto do Mediterrâneo, onde seriam o que realmente são: gananciosos, manhosos, respeitáveis. Hovsep veio a saber da animosidade crescente dos mercadores e sobre isso advertiu Montefoschi, tranqüilizando-o: poderia conter-lhes a irritação usando todos os expedientes de que sua astúcia dispunha. Fora assim que subornara mendigos e armênios de Erzincã para que espalhassem uma notícia que aterrorizasse os viajantes. Contou-se então que pouco depois de Erzerum uma horda de cavalos carnívoros assaltava as caravanas. Um mago corrompido pelas moedas de Hovsep acrescentou que a horda surgia a cada cem anos e consumava seus massacres num período de dezoito dias para em seguida se precipitar num rio, e lá morrer por afogamento. A fábula, nascida da imaginação do subornador, conseguiu o sucesso esperado. Os mercadores resolveram ter mais paciência.

Montefoschi passou a esperar muito de um médico chegado havia pouco à cidade. Josué, um judeu de Erzincã versado na preparação de xaropes, tinha-lhe garantido que tal homem tinha poderes para curar Vartan Ovanessian.

Ao observar Arnaud de Roanne pela primeira vez Montefoschi viu nele um homem frágil, enrolado numa ampla túnica de seda azul, a face engolida por uma barba exuberante e que estava pronto a dirigir a um jovem recomendações saídas de uma espécie de mochila de couro e de um cofre que tirara do dorso de um camelo. Parecia um homem de temperamento calmo e não dava a impressão de ter mais de trinta anos. Depois de um longo abraço em seu mestre, Josué o apresentou a Montefoschi, fazendo os elogios de um e de outro e exprimindo o desejo de que a vinda de Arnaud a Erzincã fosse útil a todos, tanto aos doentes como aos que estavam bem. Montefoschi não tinha omitido a Josué nenhum de seus projetos baseados numa extraordinária ambição e uma disposição de luta permanente. Tinha sonhado em voz alta diante de um desconhecido, explicando a ele longamente o papel que Vartan teria na corte de Kublai e, em conseqüência, a necessidade que tinha de mantê-lo vivo. Josué repetiu palavra por palavra as confidências do veneziano mas as enfeitou com digressões. Arnaud de Roanne não pareceu impressionado com a narração e os transbordamentos líricos de seu antigo aluno. O veneziano, como tantos outros cujas esperanças e pretensões tinha ouvido, sem dúvida vivia de ilusões. Montefoschi percebeu essa desconfiança quanto a seu fabuloso destino e se ofendeu. Para não ceder à agressividade, o que poderia levar o médico a recusar-se a curar Vartan, levou a conversa para um terreno mais prosaico: revelou logo a quantia a ser paga, claro, se as medicações se mostrassem eficientes. O prático franco ignorou o que lhe foi proposto. Em compensação, perguntou se o armênio tinha consigo alguns livros sagrados cujas iluminuras houvessem sido feitas por ele.

Montefoschi concordou em liberar os livros para que o médico os visse. Contemplá-los será meu salário, foi-lhe respondido.

Josué tinha contado a Montefoschi que seu encontro com Arnaud de Roanne se dera em um cenário inacreditável de alambiques, garrafinhas, pequenos frascos coloridos e grandes colheres de formas singulares. Tinha sido seu aluno em Bizâncio durante uma primavera toda. Das bandas da Espanha às da Itália, de Auvergne à Anatólia, dos confins do mundo à Pérsia, o médico era admirado, invejado, provocava ciúmes pelos resultados obtidos ao fazer com que agonizantes e loucos sorvessem um electuário de sua composição. Os moribundos, depois de terem engolido o opiato, levantavam-se para se entregar à jardinagem ou manejar a goiva, e os loucos não davam mais sinal de sua habitual agitação. Esse francês, nascido num vilarejo às margens do Loire, no coração de uma região em que as vinhas se misturavam a urzes e giestas, era amaldiçoado pelos sectários de todo tipo porque toda a sua ciência provinha de tratados redigidos por hereges, não fugindo às perguntas que lhe faziam sobre a proveniência de suas fontes, muito preocupado que era de transmitir ao boticário de Roma ou ao camponês do Danúbio os benefícios de suas pesquisas feitas em bibliotecas, entre os nômades no deserto ou os feiticeiros da região de Kiev. A essa ciência fabulosa, acumulada em menos de uma quinzena de anos, acrescentavam-se a paixão de tentar as experiências mais ousadas e o gênio. Com um único olhar ele penetrava no interior dos corpos. Porém o que mais o expunha às diatribes de seus inimigos é que não acreditava no castigo dos deuses. Não subscrevia a certeza ou a hipótese segundo a qual para além das estrelas existe um paraíso e nas trevas da terra avermelha-se um inferno. Josué, o judeu, negava que Arnaud fosse aquilo que os ignaros e os incapazes nele censuravam. O óleo milagroso que seu mestre utilizava para curar a demência ou a morte de corpos supliciados pelo sofrimento era — Josué chegara a essa conclusão — tão quente quanto as brasas e tão suave quanto a pelagem de um animal.

Antes de visitar o doente, Arnaud de Roanne pediu para descansar. Num cômodo exíguo, bebeu vinho de Chiraz e se regalou com meio frango assado e tâmaras que mergulhara num pote de mel. Satisfeito, estendeu em torno das pernas e da cintura a túnica de seda azul que parecia usar sempre. As pequenas agitações provocadas por um movimento circular, o barulhinho do pano e uma sensação de brisa suave contra suas ancas e suas coxas faziam-no imaginar folhagens — sinais que vinham visitá-lo na hora em que precisava enfrentar o sofrimento e a morte. Mas essas visões não resistiam ao grito dos possessos e aos gemidos dos estropiados que carregava em si. Voltava então a este mundo ardente de mulheres que definhavam ou homens arranhando incansavelmente suas dermatoses. E essa luta ocupava sua vida.

Arnaud auscultou Vartan por muito pouco tempo. Sobre um tripé de bronze, instalou um tacho de cobre no qual, quando o tocava de leve, ouvia-se retinir uma lanceta. Só utilizava esse instrumento em último caso, quando os ungüentos e as drogas falhavam na tentativa de baixar a febre e diminuir os batimentos do coração. Já observara quanto a visão da lanceta sempre tranqüilizava os doentes. Terminada a auscultação, tirava da mochila um livro grosseiramente encadernado de páginas virgens. Entre as páginas secavam folhas de plantas medicinais e outras plantas colhidas ao acaso de andanças pelas matas do Norte ou pelas planícies da Pérsia. O médico mais ignaro saberia identificar entre elas o hissopo ou a borragem, a tussilagem ou a pulmonária. Arnaud esmagava talos, folhas ou flores numa panela com água. Depois adicionava a esse caldo cheiroso líqüidos das garrafinhas. Considerando a beberagem pronta, administrava-a em pequenas doses ao doente. Entre uma ingurgitação e outra, colava o ouvido à garganta, à barriga ou ao peito do paciente. Ouvia então o corpo combatendo o mal, freqüentemente a derrotá-lo. Ajeitava então entre as coxas do doente o copinho onde o electuário engrossava lentamente. O copinho se embaçava com um suor que respingava abundantemente da carne drenada. Arnaud de Roanne completou então com Vartan o ritual de sua prática. Obrigou por fim o monge a engolir uma tisana lamacenta. Seus gestos eram autoritários, suas palavras eram suaves. Vartan logo passou do mutismo ao delírio verbal. Palavras sem seqüência voltavam continuamente a seus lábios: artemísia, urna, pé, coronha, bolha... Sua logorréia incoerente acabou no refluxo da dor que lhe moía o peito.

Montefoschi e Hovsep tinham assistido às enigmáticas manipulações do médico. Se tivesse se voltado para observar Hovsep, Montefoschi teria conseguido medir com um só olhar o desastre que o espreitava. A túnica de seda azul fascinava Hovsep. A alegria nascia no mais profundo de seu ser. Naquele quarto em que provavelmente teria lugar a cura de um monge, ele apagava da memória — ou, pelo menos, convencia-se disso — um turbulento passado que a humilhação ornava com uma rosácea negra.

A cada cinco minutos Arnaud acendia uma vela, ainda que em pouco mais de uma hora o quarto estivesse banhado por uma claridade de incêndio. Nessa luz quente, que criava uma ondulação de sombras, Vartan voltava à vida. Montefoschi se sentia moído de cansaço, como depois de ter enfrentado a tempestade ao largo da costa da Grécia. Procurou reconfortar-se junto de seu companheiro de viagem, mas Hovsep já não estava lá. Montefoschi não deixou transparecer nem contentamento nem decepção. Não chegara ainda o tempo em que uma ausência o espantasse, deixasse seu espírito revirando indefinidamente em busca de razões para isso, em que se chocasse com um abandono incompreensível.

Montefoschi ofereceu seu quarto para que Arnaud de Roanne o usasse para seu repouso. O médico aceitou. Não tinha dito ainda dez palavras. Quando, combatente extenuado, Arnaud fechou a porta atrás de si, a mochila pendia de seu ombro como uma lebre morta.

A primeira preocupação de Montefoschi foi assoprar o pavio de cada vela, porque achava que a penumbra seria melhor para o doente. O veneziano estava ansioso para voltar a ser aquele que decide. Estava impaciente por se ter tornado apenas um espectador, enquanto o curandeiro preparava suas misturas. No quarto semi-escurecido por uma noite que caía suavemente, a presença dos dois homens era denunciada apenas pela respiração compassada de Vartan e as violentas batidas do coração de Montefoschi. O veneziano puxou para perto de si um banco e se sentou. Mãos juntas e joelhos apertados um contra o outro, aquele embaixador papal tomou a posição da empregada que noutros tempos velara o sono de sua mãe. Todas as noites ela era vista numa vigília que a transformava em pedra, recurvada numa cadeira junto da cabeceira de Lúcia de Montefoschi cujas noites eram perturbadas por uma enxurrada de pesadelos. Na aurora de uma manhã de primavera, Lúcia acordou em sobressalto, um gosto de cinza nos lábios. Agitou repentinamente as mãos, gritou por ajuda, pronunciou o nome da empregada, mas a empregada jazia no chão, sangue escorrendo da boca. Então, Lúcia de Montefoschi repetiu os gestos vivos das moças e das camareiras. Enxugou o sangue com um pano branco pedindo pela salvação daquela alma. Pela primeira vez tocou os cabelos e a face de uma morta. Embolou o pano sujo de sangue e percebeu que o dia brilhava. Quando o filho se tornou adolescente, ela lhe descreveu aquela estranha madrugada, uma poça de sangue e o endurecimento do cadáver. Emendou sua narrativa com a de seus pesadelos, nos quais voavam nuvens de pássaros brancos. Falou da gritaria dos pássaros e das asas batendo em torno dela. Falou de seu terror. Desse dia em diante, quando ela presidia o almoço dominical na ausência do marido, o filho a via em meio a um turbilhão de penas e de berros de pássaros e reconhecia como procedentes da mãe os tormentos que às vezes o levavam à cama dela, cheio de pavor e vencido por visões de uma brancura agressiva. A mãe morrera nos primeiros dias de um tórrido mês de maio. Respeitaram-se suas últimas vontades. Pela janela de seu quarto moças ajudantes da cozinha jogavam braçadas de penugens. Parecia nevar muito sobre um chão que anunciava o verão.

Na cabeceira de Vartan e na dor dessa lembrança, Montefoschi se perguntava se o futuro não lhe reservaria a sorte daquela empregada que adorava Lúcia, ou se acabaria retalhado em postas por um mongol ou um persa, depois de ter combatido como um herói.

Fazia um calor de estufa no quarto de Montefoschi, para o qual, de fato, Hovsep se tinha retirado. Todos os seus pensamentos se concentravam em Arnaud de Roanne. Enquanto o médico estava trabalhando, ele tivera a impressão de estar no limiar de um mundo que até então lhe tinha sido estranho. Era a primeira vez que sentia por um único ser ao mesmo tempo desejo, fascinação e amor. Ao olhá-lo, tinha esquecido o processo de Aiás, o julgamento, o carrasco e o castigo que seu corpo carregava depois do testemunho. Mas houve um instante em que recobrara a consciência de que estava sentado ao lado de Montefoschi e que o veneziano, em algumas noites, insistia em ironizar a respeito de um amante que não tinha sido mutilado em um harém. Para não dar demonstração diante de Arnaud de Roanne do ódio contra Montefoschi que repentinamente o transtornara, Hovsep fugira.

Hovsep naquele momento esmagava entre as mãos pedacinhos de madeira levíssima, negra como um objeto carbonizado e cheia de alvéolos como uma casa de marimbondos em miniatura. Escapava entre seus dedos uma poeira granulosa que ficava na cavidade da palma de uma de suas mãos e que ele se pôs a sugar com uma minúscula cânula fedorenta como excremento de ave. Foi nesse momento que a porta se abriu e Arnaud apareceu. Surpreso com o fato de já estar o quarto ocupado, ouviu então de Hovsep que Montefoschi cedia-lhe seu leito para a noite. Durmo sempre aqui, declarou o armênio, mas pode se instalar. O quarto é grande.

Hovsep apressou-se, ajoelhou-se diante de Arnaud para desatar suas sandálias, mas Arnaud não apreciava que alguém chegasse à submissão servil. Também recusou o jantar. Estava tomado por um insuperável cansaço. As recusas abalaram Hovsep, que fazia do amor uma idéia ingênua. Não entendia que se pudesse ignorar a submissão voluntária. Mas a atitude fria que Arnaud mantinha em relação a ele não o levou nem ao ressentimento nem à condenação.

Hovsep ia e vinha. Estendeu sobre a cama um amplo pano vermelho, varreu o chão, apanhou roupas jogadas aqui e ali. Arnaud pediu-lhe que cessasse tal agitação. Mais espantado que mortificado, o armênio passou da inquietação à imobilidade e Arnaud agradeceu, depois o ignorou. Vestido com sua túnica de seda azul, pensava apenas em descansar.

Hovsep continuou de pé por muito tempo, petrificado e boquiaberto. Parecia de granito e seu rosto era uma máscara que não deixava transparecer, com sua respiração lenta, se a pessoa está à beira de um precipício ou de um rio de águas plácidas. Dobrou, afinal, os joelhos e rastejou até uma das esteiras estendidas no chão. A noite caminhou até que a escuridão diminuísse e fosse possível entrever a maravilha que dormia. Hovsep temia o esplendor do dia e as previsíveis recusas secas do homem que ele já teimava em chamar de "amigo". E o dia chegou, cor-de-rosa e logo de um vermelho-ouro explosivo. Um raio de luz aproximou-se da esteira. Como sentisse uma pequena ardência nos tornozelos, virou a cama para o outro lado: uma claridade acinzentada iluminou aquele ponto o suficiente para que Hovsep observasse a pele de suas pernas onde a sujeira formava pequenas crostas escuras. Com a unha, pôs-se a descascar essas escamas com aplicação.

No pátio do caravançará já ressoavam ordens e gritos quando Montefoschi chamou o médico. Sua voz transportou logo Hovsep à lembrança daquelas noites nas quais se tinha dobrado sob o peso da carne de um homem que o possuía insultando-o, com ternura, talvez, como o fazem às vezes os amantes, mas também com palavras que humilham. O mesmo ódio da véspera voltou, impetuoso e inflexível.

Montefoschi continuava a chamar num tom simultâneo de autoridade e de impaciência. Apesar disso, Arnaud de Roanne não acordava. Hovsep se aproximou dele, sacudiu-o pelo ombro e o convidou a preferir a explosão do sol a seus sonhos. Montefoschi reclamava sua presença, era preciso ir.

O veneziano durante toda a noite tinha velado o sono de Vartan, que, entre dois mergulhos mais fundos no sono, falava de um dilúvio que inundaria o Inferno e o Paraíso e talvez o Purgatório. Visivelmente preocupado em saber se a terra era infinita, ele não parava de questionar Montefoschi sobre esse assunto. O veneziano tinha de confessar sua incapacidade para responder sobre essas coisas. Mas, em compensação, prometeu guiá-lo até as fronteiras que o próprio Alexandre, o Grande se tinha recusado a ultrapassar, por pavor de se afundar nas trevas em que evoluíam deuses mais sangüinários que os deuses dos bárbaros. Jurou-lhe também que verificariam juntos se o terror do imperador era justificado. Arnaud de Roanne entrou no quarto no momento em que Vartan adormecia, fechando os olhos e passando a ver uma paisagem pantanosa na qual divindades davam saltos em focinho de touro. Se Arnaud se mostrava satisfeito com o estado do doente, Montefoschi era mais reservado, depois de ouvir à noite o obsessivo discurso de Vartan sobre o dilúvio e a imensidão do mundo. O médico perdeu sua frieza habitual — sorriu e pontificou: a juventude é levada a se confrontar com as tempestades, imagina cenas em que o tumulto das águas se afina com a fúria dos ventos; sonha com carnificinas para não respirar o odor das cinzas que já as impregnam.

Depois do sorriso, Arnaud de Roanne deu um riso triste e, por fim, abriu um semblante de solicitude para Montefoschi, aconselhando-o a ir dormir por algumas horas. Mas, irritado, o homem negou qualquer cansaço, preferindo interrogar o curandeiro sobre o estranho salário exigido na véspera. De fato, confirmou Arnaud, estou interessado nas obras que o rei da Cilícia e seu povo admiram.

Ao longo de uma tarde toda de fornalha, Arnaud estudou os manuscritos ilustrados por Vartan. O vermelho dos panos, tão louvado pelos contemporâneos, não despertou nele qualquer admiração. Em compensação, os rostos dos santos e dos fiéis reunidos à margem do Jordão o impressionaram. A acuidade quase demoníaca daquele monge sabia fazer com que se pudesse ver lama na mais lisa das faces. Uma umidade deletéria banhava as mínimas cenas bíblicas. Arnaud conhecera vaidosos, avarentos, espertalhões, mas nunca distinguira nos traços de ninguém aquele abismo de perfídia. Comoveu-o o pensamento de que o homem pudesse enfeixar em si tantas trevas. Então, a fim de tentar ver mais fundo no coração dos homens, decidiu partilhar da vida de uma caravana em um longo trajeto, esperando que uma observação permanente dos seres pudesse revelar-lhe o que aquele jovem pintor já tivesse surpreendido nas almas. Não precisou se informar nem procurar muito longe, porque Montefoschi, à noite, certo de que Arnaud, com sua ciência, deslumbraria Kublai e aumentaria sua própria glória, convidou-o a juntar-se a ele.

Montefoschi mandou preparar uma cama no quarto de Vartan, do qual quase não se afastava mais, porque a recuperação do miniaturista era lenta. Quanto a Arnaud de Roanne, tinha se instalado numa das salas comuns do caravançará. Lá dava consultas aos doentes de escrófulas e dermatoses. Os pacientes se sucediam do nascer do dia ao pôr-do-sol. Jamais o médico solicitava a assistência de Josué, que o aborrecia querendo sondar a força de sua fé e de sua descrença.

O judeu de Erzincã não se queixava de ser mantido fora do lugar onde se produziam milagres mas mantinha, por outro lado, a nostalgia dos prodígios diários de que fora espectador em Bizâncio e das noites durante as quais Arnaud e ele conversavam sobre os astros e as maravilhas do universo. Saudoso disso, Josué se trancava em sua toca onde ressoava um tilintar de aparelhos de vidro. Roía-lhe as entranhas a melancolia, logo ele que era o único a poder se gabar de ter sido o melhor aluno daquele mestre. A todo momento provava os xaropes gordurosos com gosto de fumeiro e de florações primaveris, de menta ou de salva, que enchiam as garrafinhas de longo gargalo estreito, espiralado. Virava na boca bicos de cristal e mamava uma beberagem enjoativa. Com tal procedimento, seu corpo inchou rapidamente de modo desmesurado. Sob sua pele e no segredo de seus órgãos, cada xarope se convertia em veneno. Em pouco tempo, Josué jazia como um odre entre almofadas e casacões. Sua carne amolecia como água morta e sua pele se amarelava. Entre um gole e outro, ele se punha a dialogar com Deus, interrogava-o sobre a tentação do suicídio, sobre o rancor e o despeito que levam o homem às atitudes mais extremas. Deus reagia sempre com imprecações, até se fechar num mutismo contra o qual Josué praguejava. Então Josué revirava sobre os lábios o gargalo em forma de cisne de um frasco, aspirava com avidez um licor que se tingia de todos os reflexos produzidos pela luz do dia, e Deus suspirava. Depois de um mês dessa embriaguez diária, sua pele se dilacerou sob uma inchação de pus nas virilhas e nas axilas e liberou um material viscoso que fedia a carniça. O corpo falava: não há recuperação possível depois de, estabelecida a aproximação com um homem como Arnaud, acabar sendo abandonado por ele. Josué morreu no início do verão — verão que viu Arnaud de Roanne entrar em Tabriz.

IX

No principal mercado de Erzincã, Hovsep comprou um carneiro cujas patas amarrou e que carregou nos ombros. O animal, pesado, musculoso, berrava como se uma lâmina lhe penetrasse o pescoço. Por muitas vezes, Hovsep teve de socá-lo na ponta do focinho. O balido então cessava por um momento, para voltar em seguida mais forte ainda. O homem tropeçava debaixo daquela carga de carne, de lã e de susto. Três rugas marcaram sua fronte, três rugas que nem o suplício na prisão de Aiás tinha provocado nele. Hovsep caminhava como que em estado febril e a multidão se afastava à sua passagem, com medo daquela criatura grudada com um animal. Durante esse percurso, ele ressuscitou entre os habitantes da cidade tempos antigos em que gigantes abatiam a socos mulheres e crianças, em que um Titã devorava sua própria filharada, em que seres fabulosos nasciam das flores, dos rios e das florestas. Matronas rosnavam imprecações contra ele. Hovsep sofreu injúrias e escapou por milagre de pedras que lhe jogaram. Ele próprio arrotava seu desprezo para os desocupados prontos a linchá-lo. Ofegava, furibundo e decidido, numa nuvem de poeira. Era uma égua de raça, um demônio.

No posto fiscal, deixaram que ele passasse: ele era conhecido por ter se tornado simpático na hora da sesta entre os soldados e todos os mongóis subordinados. Era tolerado. Também caçoavam dele por andar sempre aos solavancos e pelo fel que despejava sobre os mendigos numa linguagem bombástica. Um capitão lhe perguntou se ele ia trocar seu carneiro por uma puta. Mas Hovsep, indiferente à ironia do oficial, prosseguiu seu caminho, procurando as sombras. Acelerou o passo e, assim, logo se viu fora dos muros da cidade. Diante dele surgiam as ondas dos campos cultivados e o verde das vinhas. O carneiro pesava cada vez mais e seus berros se tornavam roucos, transformavam-se num choro surdo, o choro de um animal que caíra numa armadilha.

Hovsep tomou um estreito caminho que cortava um campo. A poeira ali era mais densa do que no coração da cidade. Um bambuzal prolongava o campo até o Karasu. Aves pernaltas sobrevoavam as águas. Hovsep parou numa pequena praia arenosa. Apertou com uma força convulsiva contra o peito as patas do carneiro, e começou a torcê-las até quebrá-las. O animal deu um berro e, num sobressalto, mordeu Hovsep no rosto. A ferida era séria. O homem se esconjurou e soltou sua vítima, que rolou por terra. Depois arrancou um galho e vergastou o animal, que tremia de terror deitado sobre as ancas. Quando a lã não era mais do que estrias vermelhas, Hovsep parou de fustigar. Então todo seu corpo se distendeu. Ele se deixou cair perto do animal e soluçou.

O rio corria majestoso, cor de ferrugem, e Hovsep tinha sede. Mas não deu um passo em direção à água. Apalpou maquinalmente a ferida de sua cara. Passou o indicador entre os lábios do corte e o lambeu. O sangue tinha um gosto de metal. Quando se levantou, foi para se despir. Pendurou as roupas nos galhos das árvores raquíticas que lá cresciam, estendeu-as como peles para secar. O animal gemia. O homem afastou-lhe as pernas e deitou-se lá. Sentia sob a cabeça os testículos do animal. Depois se afastou para se ajoelhar sobre o carneiro. Com uma faca o emasculou e apertou os colhões contra seu próprio sexo. Então rezou por uma improvável transferência de masculinidade.

O menino o surpreendeu nu e chafurdando-se sobre o animal. Carregava uma tocha. Perdido num plano onde uma esperança se abrasava de loucura, Hovsep não tinha ouvido o roçar das folhas nem o chiado da areia. Retirou-se da umidade animal quando o menino deu um grito. Estava como alguém que foge de uma multidão. A vergonha e o desespero o dominaram, porque o olhar primeiro apavorado, depois irônico de um rapazinho tão jovem levaram-no a reconhecer sua miséria e a impotência em que se encontrava de escapar disso. E, pode-se dizer, esse homem singular tem a mesma atitude que as pessoas comuns diante de um monstro. Foi arrebatado por uma alucinação: o chão se abriu, o fosso se alargava, um precipício o separava do menino. De espanto, os testículos que segurava caíram-lhe aos pés.

O menino já tinha visto homens tirarem as roupas; seu pai, um tio, primos quando se banhavam no Karasu. Competiam alegremente, desafiavam-se para nadar ou se respingavam uns aos outros. Tinha inveja deles. Mas aquele que se erguia a dois passos dele era um perturbado, mau, desvairado. Na defensiva, e ao mesmo tempo fascinado pelo homem sujo de sangue, coberto por uma crosta de lama, observava o tronco amplo, as ancas largas, todo aquele corpo grande um tanto gordo agitado por espasmos. Hovsep, mal-humorado com aquele exame, transpôs com uma pernada o buraco que acreditava se tinha aberto entre eles dois, agarrou o menino pelo cotovelo e apoderou-se do facho, sem mesmo se perguntar por que um garoto passeava com uma tocha à luz daquele fim de tarde. Ordenou-lhe que desse o fora, prendendo-o pelos braços, como se hesitasse entre o perdão e o castigo. O menino com um jogo de corpo se desvencilhou das mãos do homem e fugiu para o mato.

Hovsep então ficou só e desamparado. Viu os testículos no chão, esmagou-os sob o calcanhar, olhou o rio e os pássaros que sobrevoavam as águas. Abandonou-se por alguns instantes à desesperança, depois enfiou a tocha na areia e tornou a se vestir.

Afivelava o cinto quando alguém lhe dirigiu a palavra. Ei!, gritaram do meio do mato. Hovsep virou-se e reconheceu o menino que repetia sem parar, numa assuada: Ei! Ei! e enfim berrou: Capado! Ei! Capado. Hovsep pulou na direção do menino, mas o menino escapuliu.

Na noite que avançava, Hovsep afastou os galhos, rasgou as roupas na mata. Seus braços se agitaram como se ele tivesse uma tesoura de poda. Também ia cuspindo insultos. Correu assim até um descampado. A cidade se avermelhava distante. A silhueta do menino ziguezagueava nas vinhas e logo não era mais do que uma sombra que sumia e ia se reintegrar à multidão de Erzincã. O homem não tentou mais persegui-lo. Amaldiçoou-se, mas sem convicção. Fez meia-volta, depois contornou o bosque hostil que acabara de atravessar, caminhando agora com precaução num terreno lodoso, evitando trilhas e raízes que cobriam toda a superfície de um complicado atalho. Desembocou afinal numa praia onde a tocha ainda brilhava. Pensou em fazer uma fogueira. O animal, uma vez incinerado, estaria coberto pela cinza quente, que seria a única pista da imolação. Mas acabou se contentando em fazer a tocha deslizar ao longo da pele do carneiro, que não reagiu àquela língua de fogo: estava morto. Entretanto, sua barriga se mexia regularmente. Ratos tinham começado o trabalho de roer pelo ânus, que era um prato cheio. Hovsep vomitou. Um facho na mão, arqueado, soluçando, dir-se-ia um herói tocado de um mal repentino.

Tinha-se afastado do cadáver do animal e sentara-se a dois passos das águas do Karasu, do qual subia um frescor de limo.

No rio, esverdeado aqui, prateado acolá, rolavam folhagens secas, tranças de capim, refletia-se o esplendor de um céu e como que a galharia de uma grande nuvem esfiapada. Barcos desciam o rio como ilhas-fantasmas. Entre as cintilações noturnas, pairava o silêncio. Nem mesmo se ouvia mais o trabalho dos roedores. Hovsep evadiu-se, deixou-se viajar ao passado.

Tinha percorrido cidades e campos da Cilícia e vivido durante meses uma existência eremítica nas montanhas. Tinha sangrado lebres como as sangram a raposa, entrando à luz da lua num galinheiro tinha roubado um galo, tinha invadido quintais em pleno dia e sempre desafiava a sorte, porque gostava de roubar o machado ou a podadeira debaixo do nariz dos proprietários. Roubava frutas dos pomares e dirhames dos quartos, e estava sempre preparado para o caso de algum roceiro o surpreender; matava depois a testemunha de seu furto. Mas Hovsep cansou-se dos campos de trigo e de algodão. Voltou as costas para as fazendas e vilarejos e foi vagabundar nas ruas das cidades portuárias; lá, não o cansava nunca a visão dos navios com as velas hasteadas e coloridos de bandeiras. Aprendeu a distinguir as insígnias dos genoveses e dos venezianos, os mercadores árabes e os mercadores persas, o perfume do âmbar e do nardo. Em Aiás, aperfeiçoou suas técnicas de roubo. Foi um pequeno saco de pérolas que causou sua perdição. O joalheiro o surpreendeu no momento em que ele enfiava na camisa a bolsinha de pano. Na prisão, tomou nojo por qualquer promiscuidade entre os corpos. Depois de muitos dias ao longo dos quais suportou ironias grosseiras por haver declarado com orgulho que era virgem, jogaram-no numa sala onde ele acreditou que sua execução era iminente. Mas não, sua cabeça não rolou de nenhum cepo. A pena para seu crime esteve longe de ser leve: condenaram-no à castração e imediatamente ele foi entregue ao carrasco. Entre os que assistiram ao suplício estava

Hagop Karagueuzian, parente próximo do rei. Hagop aplaudira pesadas sentenças e punições a proxenetas e saqueadores reincidentes. O sangue e os urros dos supliciados até aquele dia nunca o tinham comovido. Mas, sem mais nem menos, ele se tomou de piedade por aquele ladrão, levou-o a Sis e o apresentou a Mariam, sua esposa. Hovsep viveu três anos em uma vasta mansão, na qual suas tarefas consistiam em preparar boas bebidas, em triturar amêndoas, borrifar com essências florais um corpo de mulher e abaná-lo nas tardes de sol forte. À noite, sentado na cama de pernas cruzadas, nu, punha entre as coxas um caco de espelho e olhava o inchaço violáceo da cicatriz. Ele, que não sentira o menor desejo sensual no tempo de seus crimes, surpreendia-se agora a lamentar-se por não ter sido mais sensível à beleza dos marinheiros ou das moças. E, prisioneiro de suas lamentações, acariciava o triste estigma de uma carne martirizada.

Naquele palácio de Sis, o eunuco se pôs a espreitar os amores que, em volta dele, começavam e acabavam, a seguir a evolução do ciúme nas reações de um rosto e a meditar sobre os atos impensados a que a traição amorosa arrasta. Sua patroa, no meio de um círculo de amigos, fez com que ele contasse como tinha sido sua vida pelos caminhos da Cilícia. Hovsep descobriu seu talento para transformar as vulgares aventuras de uma carreira de ladrão em uma grande epopéia colorida.

Certa manhã, Hagop Karagueuzian foi tomado por sufocações. Ao meio-dia estava morto. Hovsep não soube definir o sentimento ambíguo que o dominou por ocasião da morte de seu protetor. Recolhendo-o sob seu teto, Hagop o tinha livrado das torturas que o povo inflige aos ladrões emasculados, mas o eunuco censurava intimamente seu protetor por não ter abreviado uma existência à qual seria recusado dali em diante o vulgar prazer do gozo. E, entretanto, ele estava ligado a um homem que lhe dedicava diariamente uma grande indulgência, uma enigmática bondade.

Mariam Karagueuzian comportava-se como uma viúva enérgica, decidida a dirigir como dona absoluta seu patrimônio. Uma vez por mês ela visitava seus entrepostos de Aiás. Inventariava os tonéis e as reservas de especiarias, vendia peles, para adquirir depois incenso, noz-moscada ou alguma seda. Enquanto ela mergulhava no universo das negociações e dos entendimentos de todo gênero, Hovsep ficava livre pelo bairro. Foi perambulando por um cais da cidade que ele encontrou Montefoschi. Trocaram poucas palavras e surgiu entre ambos uma cumplicidade que um e outro quiseram prolongar, explorar, intensificar. Combinaram reencontrar-se e se reencontraram por várias vezes tanto na cidade de Sis como na cidade de Aiás. Montefoschi falava sempre em tom de discurso e seus casos mexiam com a imaginação febril de Hovsep. Só os nomes de lugares que o amigo citava o faziam sonhar com desertos vermelhos e estradas sinuosas através de florestas e pântanos. Montefoschi, consciente da ascendência que tinha sobre aquele rapaz, achando graça no encanto que provocava com histórias de príncipes cegos e reis mais venerados do que deuses, fez com que ele se tornasse um parceiro de suas ambições e se decidisse a segui-lo por terras nas quais a conquista de riquezas seria uma certeza. Manifestou-lhe a consideração que um imperador tem por um ministro e o integrou a seu projeto de retomar o caminho da China sob os auspícios do papa e do monarca armênio.

O rio estava negro e entretanto tinha um tom prateado bem no meio. Sussurrava como a folhagem e brilhava como uma pele de raposa. Uivos advertiram Hovsep sobre um perigo. Animais disputavam os despojos da gordura do carneiro. Sombras se mexiam em volta de um monte de osso e carne, outras pareciam paralisadas, ostentando a imobilidade de magras divindades. As primeiras carregavam em cada um de seus movimentos um odor de corrupção. As sombras famélicas e que uivavam lutavam entre si, dilaceravam-se com todas as suas garras, perseguiam-se e sempre voltavam ao carneiro pouco a pouco despedaçado. Hovsep observou a raivosa atividade das feras. As sombras farejaram a presença do homem. Deixaram para as fêmeas e para os filhotes o prazer de refocilar sobre os restos do ventre do carneiro. Quando os animais se aproximaram, Hovsep viu que se tratava de cães selvagens que, andando em bandos, atacam os rebanhos como lobos. Ganidos, agudos ou roucos, quebravam a bela paz estival encarnada pelo céu, o bambuzal e o rio. Hovsep se levantou lentamente, rodou diante de si a tocha que traçou no espaço um círculo de fogo. Sem pressa e contendo a respiração, desceu na direção do rio. Os cães tentaram várias vezes mordê-lo, mas sempre uma chama os ameaçava a garganta ou os olhos. Fugiam então, com latidos desesperados, depois se lançavam de novo em direção à água, onde o homem agitava uma crina chamejante. Conseguia atingi-los e a ribanceira fedia agora a pêlo chamuscado e a suor animal. Tinham todos abandonado o trecho arenoso em que o carneiro não era mais do que ossos e farrapos de lã. De repente, os cães pararam de avançar sobre as águas. Sentaram-se sobre as patas traseiras e ficaram olhando Hovsep que afundava no esplendor de um rio calmo. Dir-se-ia uma coluna decorativa de cérberos esperando o afogamento da presa que lhes tinha escapado.

O homem caminhou por muito tempo ao longo do rio. O frio vindo das águas emperrava seus músculos e confundia seus pensamentos. A tocha pesava em seu braço. O rio fez um cotovelo e apareceu a cidade, rígida massa de pedra que com toda a sua brancura fazia a noite recuar. Em uma hora, a aurora azularia as muralhas. Hovsep abaixou a tocha que, como a chama já vacilasse, salpicava de fagulhas as fracas ondas do Karasu. Entre mil frisados de platina, surgiam, do coração das trevas que se moviam, rostos, paisagens e animais. Então, ele foi tocado de pavor. Levantou a tocha, num gesto enlouquecido, para que não pudesse identificar na superfície das águas aquelas cabeleiras de homens e de mulheres que se embaralhavam, aqueles cavalos e aquelas moitas de loureiros que se misturavam, aquelas rosas, aquelas águias, Montefoschi e Vartan, Hagop Karagueuzian e o carrasco. Uma vida se esbatia sobre ele, envolvia as partes baixas de seu corpo, marulhava e assumia forma de polvo. Hovsep fez movimentos desordenados de um felino que caiu na rede. Disse a si mesmo que o frio e a lembrança dos cães é que provocavam tais alucinações, só podia ser. Para expulsá-las, jogou a tocha no rio e assim destruiu a visão daqueles vivos e daqueles mortos. Depois subiu a ribanceira, arriou o corpo no chão duro e adormeceu.

X

O bispo de Erzincã, avisado pelos fiéis da diocese que um monge ciliciano estava na cidade, doente e tratado por um epicurista da pior reputação, quis ter uma entrevista com Vartan. Houve o encontro e Montefoschi montou guarda na porta do quarto durante todo o tempo que durou a conversa, mão no punho de sua adaga e olhar mais para o vazio do que para o indecifrável. O bispo abreviou o encontro que o deixou cheio de cismas e não quis de modo algum demorar-se em conversa com o veneziano. Aliás, Montefoschi não estava nem um pouquinho curioso quanto às palavras trocadas entre Vartan e o prelado nem quanto às conclusões que um e outro tivessem tirado da conversa. Naquela mesma noite, o bispo sentou-se em seu escritório e redigiu uma carta a Hetum II. Expressou suas dúvidas quanto à fé de Vartan, descreveu-o como um rapaz esgotado por um estranho mal e sofrendo influência a um tempo de um veneziano sem escrúpulo e de um charlatão. Falou sobretudo de Arnaud de Roanne, fazendo algumas reflexões ásperas que poderiam arruinar qualquer reputação estabelecida. Dele declarou estar irremediavelmente ligado às propriedades luciferianas. Permitiu-se aconselhar ao rei que organizasse uma segunda missão e esquecesse a primeira, porque Vartan jamais conseguiria abalar as crenças dos bárbaros sobre os quais reinava Kublai Khan. Vartan não era mais do que alguém dominado pela incredulidade e pela fraqueza moral. Depois de ter assinado a carta, considerou-se livre para agir à sua maneira.

O bispo de Erzincã tinha uma cúria composta de padres e de adolescentes aos quais fazia uma pregação toda semana. Exortava-os contra os cínicos que ousam virar as costas para a cruz. Esses fanáticos mostravam tanta facilidade em manejar o punhal como em estudar os textos sagrados. Traçou um retrato de Arnaud de Roanne que atemorizou aquelas almas educadas para julgar e que sentiram a necessidade de mandar para o inferno um médico tão escandaloso.

Quando feridas cobriram o pescoço e as costas de Vartan, Arnaud anunciou ao doente que a cura estava próxima. Levou-o a uma fonte quente cujas águas agiam no sentido da cicatrização. Mergulhado nos vapores sufocantes, Vartan se embriagava com a idéia de que em pouco estaria entregue a uma existência que desejaria tumultuosa. No dia seguinte ao do seu banho na fornalha de efeitos curativos, as feridas de fato secaram, como previra o médico. Se bem que louvasse para quem quisesse ouvir os talentos do prático, Vartan não agia no sentido de favorecer o nascimento de uma amizade. Essa recusa, essa repugnância mesmo a relações mais estreitas originava-se do aborrecimento sentido quando estava em companhia de Arnaud, porque o médico às vezes procedia como um inquisidor que espera descobrir um segredo. Evitava-o, então, e assim se sentia bem. O que ambos ignoravam, porém, é que alguns de seus sonhos eram iguais. Num deles, que se repetia sempre, ambos apareciam balançando à beira de um precipício no fundo do qual se acumulavam rochedos acolchoados de neve. Um sol menor do que uma romã alojava-se dentro do peito dos dois e os consumia lentamente. Vartan se recusava a buscar uma interpretação para o sonho, enquanto Arnaud tentava decifrar incansavelmente cada imagem, ainda que o resultado dessas interpretações o incomodasse sempre. Todas as explicações lhe pareciam grosseiras. Desprezou, a partir de então, sua intuição que acreditara infalível e ironizava sua inteligência que, dizia, havia superestimado. Pela lógica desse desprezo às suas faculdades, passou a atribuir as curas — das quais, entretanto, tinha sido o artesão — à sorte e não mais ao progresso da ciência. Odiou-se por defeitos que jamais tinham sido seus: a insolência, a astúcia, a vaidade. Certa manhã, fechou suas portas aos doentes e aos escrofulosos, e no pátio do caravançará esvaziou o conteúdo de suas garrafinhas ao pé de um limoeiro diante da multidão que se comprimia à espera de uma consulta. Foi nesse dia que um velho deu-lhe o cognome de Arnaud, o Malvado.

Vartan ainda estava sujeito a bruscas recaídas. O médico afirmou que não podia prevenir com uma medicação apropriada aquelas vertigens seguidas de desmaios. Para não deixar que Vartan sentisse qualquer cansaço, Montefoschi pôs a serviço dele uma liteira coberta, atapetada de veludo e guarnecida de almofadas. Vartan não se escandalizou com a idéia de assumir seu lugar numa liteira ambulante que na Cilícia só as mulheres utilizavam. O balanço monótono de um tal meio de locomoção combinava perfeitamente com seu humor do momento. Gostava da indolência e saboreava as horas de preguiça que seu estado de convalescente lhe proporcionava. O palanquim com armadura de madeira guarnecida de seda atraía os olhares e distinguia aquela caravana dos austeros desfiles de camelos, de cavalos e de homens.

Arnaud de Roanne selava sua montaria quando um homem esbarrou nele. Depois de desculpar-se por sua falta de jeito, o homem se perdeu na confusão de um dia de partida. No momento do esbarrão, Arnaud sentira uma dor fria no ombro que ainda persistia. Ficou nu da cintura para cima, então, e descobriu um minúsculo arranhão avermelhado com sangue que aflorava ligeiramente. Recolheu uma gota com o indicador. Estava convencido de que o sangue de cada um tinha um gosto particular. Havia sangues amargos, açucarados, apimentados. A sensaboria que se atribuía a esse líqüido devia-se apenas à falta de sensibilidade gustativa da maior parte das pessoas. O sangue das vítimas de bócio era inteiramente diferente do sangue dos imoderados ou das vítimas de gota, assim como o dos soldados nada tinha a ver com o das mulheres grávidas. O dele desafiava qualquer análise. Tinha talvez um vago odor de lâmina enferrujada, de palha ou de pano molhado. Mas afinal isso não tinha importância nenhuma! Como ele passara a duvidar da eficácia de suas drogas, também não acreditava naquela medicina que depurava o sangue. Quebrou, jogando-o contra uma pedra, o frasco no qual permanecia em conserva o antídoto supremo contra todo veneno e subiu em seu cavalo.

XI

De Erzincã a Ercis a viagem correu na monotonia da planície. Em lentas ondas, rebanhos de carneiros vogavam sobre uma relva farta. A caravana não entrou pelo longo desvio que a faria passar diante do monte Ararat e a legítima curiosidade de Vartan de conhecer o berço de seus ancestrais não foi satisfeita. Montefoschi havia explicado a ele que tomar o caminho do Ararat comprometeria a travessia do maciço de Pamir que tinha de ser feita obrigatoriamente antes do inverno. Além do mais, para evitar o excesso de emoções que enfraquece a vigilância necessária durante uma viagem, não seria recomendável visitar um lugar grato desde a infância ao mais profundo do coração pelas lendas e as lembranças dos antigos. Você não sabe o que é o frio que grassa no Pamir, acrescentou Montefoschi para dissuadir definitivamente Vartan de ver de passagem o antigo reino de Urartu. Por trás das sedas de sua liteira, o jovem criou para si uma visão da arca célebre, que seria uma grande massa negra projetando-se sobre a memória de civilizações desaparecidas, como um olho afogado de ironia sobre os homens e sua necesidade de guerrear. Também nessa visão, aquela massa, soberana e indestrutível, surgia aureolada de brumas. Era como um monstro marinho encalhado no cume de um gigantesco rochedo. Vartan submeteu-se à decisão de Montefoschi e esperava agora ver o inverno na cadeia de montanhas de Pamir e conhecer, apesar de tudo, emoções extremas.

A cada parada nos caravançarás, Hovsep continuava a dividir o quarto com Montefoschi. Aceitava as tentativas e as carícias de seu amante com desenvoltura desinteressada. Nessas noites tornadas tumultuosas pela paixão crescente que lhe votava aquele homem ele se aplicava, afinal, a adquirir a ciência do amor para exercê-la mais tarde na cama de Arnaud de Roanne. Mas eram noites em que ressoava apenas o ronco de um Montefoschi vencido pelo cansaço das estradas. Hovsep deixava então o leito quase conjugal trocando-o pelo pátio do caravançará. Lá, triturava ervas e raízes num pilão ou misturava drogas em um vaso. Trabalhava penosamente como um boticário sem perceber que às vezes o outro, despertado por sua ausência, o observava. Claro, o veneziano considerou a hipótese de que ligações estavam sendo urdidas, ali, entre seu amante e o médico, mas essa suposição ainda não despertou nele o menor ciúme. Dizia a si mesmo, simplesmente, que Arnaud, por bondade, tinha cedido a uma mania de Hovsep. Sabia que o eunuco era invejoso. Seria então provável que tivesse nascido nele a vontade de rivalizar um dia com Arnaud de Roanne na manipulação de beberagens. Essa idéia fazia Montefoschi sorrir maldosamente: achava seu amigo ridículo.

A um comerciante de panos de Ercis, Hovsep pediu que lhe recortasse de uma peça de seda vermelha uma túnica cujo modelo copiava a de Arnaud, porque ele imitava Arnaud em tudo. Afetava um modo de falar lento e suave, empregava um vocabulário elegante, gabava-se de uma sabedoria milenar. E, nas lojas ou nas ruas, mexia nas dobras de seu traje, como que a mostrar preocupação. A ondulações de fogo correspondiam ondulações de um azul de safira, quando os dois homens passeavam na cidade ou presidiam com Montefoschi a um conciliábulo de mercadores. Mas Arnaud de Roanne o obrigava incessantemente a substituir antigos hábitos por novos. Desde Erzincã, não tratava mais de doentes e agonizantes e não mais manipulava xaropes. Hovsep também abandonava pomadas e ungüentos. Arnaud voltava pouco a pouco ao anonimato, e era isso que ele queria. Desejava esse estado para observar melhor o mundo sem ser solicitado a todo momento por doentes. E, afinal, sabia que esse desejo logo seria realizado, pois seu prestígio de médico não tinha atingido as cidades da Ásia. Desfez-se de sua túnica com um comerciante de artigos de segunda mão e recebeu em troca um punhado de rebarbas de cobre que não lhe serviriam de nada... Foi roubado, caçoavam dele. Hovsep, na esteira de Arnaud, também se desfez de sua túnica sem tirar proveito de seu valor. Só o que lhe interessava era a alegria de ter alguma coisa semelhante à de Arnaud. Contentava-se simplesmente em ser a sombra de um homem cuja aparência de repente se tornou tão comum. Era, entretanto, mais facilmente notado do que Arnaud, porque andava com a boca aberta e os braços cruzados sobre o peito. Na intimidade de seus passeios, Arnaud o chamava de Papa-Moscas, ao mesmo tempo que se perguntava por que suportava a presença dele. Lembrava-se, porém, de ter feito voto de sondar todo rosto humano. E Hovsep se revelava um bom campo de observação. Na verdade, na companhia de Arnaud, Hovsep mantinha aparentemente o mesmo ar de admiração a seu respeito, sempre. Mas, sob essa máscara, era possível adivinhar, às vezes, a inquietude, o medo, o desespero.

Arnaud não suportava a falta do que fazer, por se ter acostumado durante muito tempo a manipular seus intermináveis preparados medicinais. Por isso não tinha parada em Ercis, que percorria em todos os sentidos, incessantemente. Em poucas horas, nenhum dos costumes da população lhe era estranho, sabia das especialidades do artesanato local, sabia da cultura do lugar. Infiltrava-se nas grandes aglomerações, ou, numa casa particular a que o tivesse levado o acaso, informava-se sobre as histórias locais. Estava aqui e ali, sempre se movimentando. De seu passado de estudioso não restava mais do que uma indomável energia. A tudo seu interesse se voltava: fachadas batidas pelo sol, um pedregulho que a luz do dia tornasse brilhante, bestas de carga cansadas e ovelhas pastando, mulheres depenando uma galinha ou mexendo uma sopa. Em companhia de Arnaud de Roanne, a menor aldeota se tornava um labirinto, o menor dos acontecimentos ganhava sentido.

Em Ercis, certa tarde, um homem de voz veludosa o abordou. Com modos de conspirador, o desconhecido fez ao médico uma proposta que o espantou, perturbou-o, deixou-o perplexo. Convidava-o para prazeres que havia muito ele abandonara porque precisara se afastar das tentações da carne a fim de melhor se consagrar a suas pesquisas. Em resumo, sua ignorância e seu distanciamento das coisas do amor o tornavam, nesse ponto, parecido com um monge. Mas desde que renunciara à atividade de ensinar e à prática da arte de curar, passara a cobiçar freqüentemente as moças. O alcoviteiro sem dúvida ganhou disposição para lhe falar depois de ter observado os olhares significativos que ele dirigia às moças que passavam. Arnaud ensaiou o gesto de juntar as pregas de sua túnica, mas se lembrou de que a tinha trocado. Sentiu-se indefeso diante da oferta de seu interlocutor e acabou por balançar a cabeça em sinal de aceitação.

Hovsep, como de costume, estava a alguns passos dali. Sem ter percebido com clareza as palavras, tinha entendido o sentido da conversa. Imaginar Arnaud com uma mulher era para ele coisa totalmente insuportável. De modo que sem refletir ele empurrou violentamente o homem que, num reflexo defensivo, estalou um chicote cujo cabo desaparecia totalmente em seu punho, um chicote que poderia ser um brinquedo de criança. Hovsep apalpou seu estilete. O homem deu uma risada. Então Arnaud se interpôs entre eles e acalmou os espíritos.

Quando viu o médico e o misterioso desconhecido se afastarem, Hovsep mandou-se atrás deles, dizendo a si próprio que era capaz de rolar na cama com uma prostituta.

Hovsep era incompetente para julgar sobre a beleza ou a feiúra das moças que iam e vinham nessa enorme sala de bordel. A quase nudez delas o incomodava. Teria oferecido uma fortuna, que não possuía, a um mago para devolvê-lo à época de suas ladroagens, àquela adolescência em que seus desejos eram unicamente os desejos de derramar sangue, na qual seu destino não estivesse marcado por um médico que lhe dava menos atenção do que à própria sombra. Mas esse milagre não se realizaria nunca. Insanos, para fugir de um tormento ou dos perigos em que a realidade é pródiga, não conseguiam dos bruxos mais do que uma viagem de alguns instantes ao país do esquecimento.

Quando Hovsep se achou num quarto, impediu que a moça que lhe coubera o tocasse. Apesar disso, ela propôs que ele se deitasse na cama. Ele não respondeu. Aparentemente ela adormeceu, fechando os olhos. Mas era só fingimento, logo ele a ouviu renovando com voz clara o convite. Confessou-lhe então ser vítima de um mal que lhe impedia qualquer aproximação. Diante dessa confissão, ela sorriu de modo enigmático. Na companhia dela ele se sentia — e isso era estranho — em paz. Disse isso a ela. Não houve qualquer reação por parte dela, que deu a impressão de não ter escutado suas palavras. Mas a sensação de calma não durou muito. Murmúrios chegavam do quarto vizinho, o que imediatamente pôs Hovsep na defensiva. A moça pulou da cama, caminhou até o tabique que servia de parede e mostrou-lhe uma abertura gradeada que ali era utilizada.

Hovsep pôde então observar dois corpos nus que se confundiam. Enquanto ele observava as brincadeiras dos dois, a mão da sua prostituta segurou-lhe o sexo. Ele se voltou para a moça e a esbofeteou. Bateu outra vez, e ela berrou. Quando ela berrou de novo, a porta do quarto se abriu, Hovsep foi agarrado pelos ombros e foi jogado na rua, indesejável que era.

Aos primeiros gritos agudos que repercutiram no quarto, a companheira efêmera de Arnaud empurrou o corpo que a possuía. Pulou para baixo da cama, depois se enrolou num véu e se precipitou pelo corredor para não mais reaparecer. Sobre a cama que ela tinha abandonado, Arnaud de Roanne maldisse a curiosidade das mulheres e aquela barulheira que tinha ousado interromper um ato incrível e afinal inacabado — voltar a praticá-lo de agora em diante seria para ele mais importante do que tudo, fosse num estábulo, debaixo de uma tenda ou num quarto idêntico àquele. A timidez de um homem virgem, que tinha sido sua atitude no prelúdio daquele ato, cederia lugar pouco a pouco à brutalidade de um veterano grosseiro. Um rosto, por belo que fosse, teria menos atração do que a carne oferecida. A umidade dos lençóis favorecia os pensamentos sensuais.

O homem misterioso irrompeu no quarto e o informou sobre a conduta inqualificável de Hovsep. Entre duas imprecações cuspidas com virulência teatral, aconselhou-o a escolher melhor, dali em diante, seus amigos ou seus criados. Não era homem dado a gentilezas. Brutamontes furibundo, expulsou Arnaud de Roanne do quarto debaixo de pancadas.

E foi sob vaias e um ulular raivoso que o acompanharam até a rua que Arnaud deixou o bordel. Levantando-se penosamente, Hovsep o esperava. Diante do comportamento servil de Hovsep, já inteiramente entregue ao castigo que não deixaria de vir, Arnaud sentiu asco. Até então, esse sentimento lhe era estranho. Assim como não existia nele o espírito de vingança. Mas ele se recusou a partir para a violência contra um homem agora agitado por tremores, porque tinha decidido encarnar aquele que prefere a indulgência ao ódio. Envolveu com o braço o ombro de Hovsep, garantindo-lhe não dar maior importância ao escândalo havido entre as paredes de uma casa que se condenava de ter freqüentado. De volta ao caravançará, Arnaud lavou com cuidado o rosto inchado de Hovsep e aplicou um emplastro que rapidamente curaria as equimoses. Essa escrupulosa solicitude deixou impressionado o eunuco, que aceitou tudo como um presente e um testemunho de amizade, ousando enfim se declarar.

XII

Era uma cidade a meio caminho entre Ercis e Tabriz que um terremoto apagaria do mapa nos primeiros anos do século XIV. Nessa cidade orgulhosa de seus mercadores e de seus vergéis, Montefoschi teve de prolongar por muitos dias uma parada que inicialmente pretendia curta: uma disenteria atacou muitos caravaneiros.

Diante dos gládios e dos arcos dos soldados de Hetum, os habitantes tinham desistido de expulsar para fora dos muros da cidade os homens incapazes de se movimentar, espalhando-se com isso um fedor só igualado pelo da proximidade de cadáveres de animais.

Inflexível em suas decisões, Arnaud de Roanne negou-se a atender ao pedido de uma delegação de mercadores que veio lhe pedir para aliviar com algumas drogas os que estavam sofrendo de diarréia. Negou qualquer conhecimento na matéria. Acusaram-no de cruel e indiferente. Montefoschi o salvou do linchamento falando de um mal que devastava a boa ordenação de sua inteligência. Acreditaram nisso e o incidente terminou. Mas, numa conversa violenta cara a cara com Arnaud, ele o condenou pela inconseqüência de seu egoísmo. O médico quis então esclarecer, através de confidências, como lhe custava uma atitude que reconhecia condenável. O veneziano discordou com um gesto nervoso das razões dessa conduta incompreensível, para dizer o mínimo. Comparou-o a uma sentinela culpada por deixar a vigilância e ameaçou condená-lo à canga* se ele se obstinasse a omitir-se quanto a seus talentos de médico. Arnaud reagiu com altiva suavidade, agradecendo-lhe por ter-lhe salvo do furor dos mercadores e informando-o de uma verdade: sua inteligência, de fato, sofria cortes dia após dia e sua memória já não passava de um reservatório vazio. Acrescentou, por fim, que sentia necessidade de repouso. Montefoschi, impressionado pela calma da confissão, desculpou-se por suas invectivas e se despediu.

Quaisquer que fossem seus passeios, Arnaud acabava sempre nas proximidades de uma determinada casa. Seu portal, com painéis de madeira lisa e de um castanho-avermelhado, abria-se a toda hora mostrando empregadas carregadas de cestas. Por trás dessa monumental austeridade, o rebuliço de cozinheiras e criados, a placidez dos *maîtres* e a turbulência dos cães orquestravam um rumor de foro. A fascinação que essa casa exercia sobre Arnaud parecia mortal. Ele se via monarca de uma numerosa criadagem e de um círculo de mulheres atentas ao menor de seus movimentos e de seus caprichos. Tinha autoridade bastante para regular cada item de uma vida cotidiana que nenhum tormento de ordem particular poderia perturbar. Na luxuosa monotonia dos dias, ele se acostumaria recatadamente à idéia de ter de fechar definitivamente os olhos à beleza de sua esposa. Chegaria ao orgulhoso desapego de todo luxo e prazer que, tinha lido, conheceram seu desenvolvimento e sua apoteose entre os Antigos. Mas, num campo de Castela, e sob um sol inclemente, ele tinha tido a intuição de que a velhice jamais o venceria.

*Antigo suplício asiático pelo qual se metiam os pulsos e o pescoço da vítima numa peça de madeira portátil. *(N. do T.)*

Os habitantes dessa casa tinham sido os últimos a deixar a cidade fúnebre. Cantos de pássaros e pios subiam de um pátio interior. Uma noite, Arnaud entrou no terreno da casa por um muro que em muitos pontos se desfizera como pó. Foi até o pátio, no qual havia, num dos cantos, um viveiro de pássaros e no centro uma bacia. Alguns cacarejos e batidas de asas o acolheram. Com as costas da mão, Arnaud limpou as roupas. Esse gesto, que nada tinha de extravagante, assustou as aves presas no viveiro. Uma dança selvagem impedia a aproximação junto à tela. Arnaud, a quem os cazares, eminentes caçadores, tinham ensinado a arte de atrair a caça, arrulhou. Esse artifício funcionou: a barulheira cessou desde as primeiras notas do canto do rapaz.

Arnaud visitou as salas de pompa e as salas de repouso, as cozinhas e o celeiro. Depois arrancou dos sofás e das camas os panos de cobertura macios e sedosos e, carregando essa braçada farfalhante, voltou para o canto do pátio onde estava o viveiro. À sua aproximação, o berreiro dos pássaros recomeçou. Ele estendeu sobre a armação de vime os tecidos luxuosos. Uma noite de ouro e púrpura baixou lá dentro, impondo a volta ao poleiro.

Arnaud preferiu dessa vez passar pelo portal do que pelo muro. A fechadura, pressionada pela lâmina de uma faca, pouca resistência ofereceu. Ele deixou a porta entreaberta. Pouco importava fechá-la: não haveria pilhagem na casa, uma vez que, por uma ordem de Montefoschi, a milícia armênia patrulhava todas as noites as ruas para desencorajar os ladrões.

Estranhamente, a cidade não dispunha de um caravançará. Os mercadores montavam suas barracas nas cavalariças ou nos apriscos. Hovsep apropriou-se de uma divisão num desses locais. Uma tosse seca e uma febre teimosa tinham-no obrigado a ficar de cama havia alguns dias. Arnaud tinha lhe preparado uma cama improvisada com colchão de palha. Um amontoado de galhos folhudos formava a base. Hovsep se eternizava naquele ninho. Arnaud tinha lhe garantido que a seiva ainda percorreria a madeira cortada de fresco vivificando a atmosfera mais poluída. No enquadramento de uma lucarna, o céu, alternando flocos de nuvens ou azul-escuro, lembrava para o doente o passar do tempo.

O meio ambiente silvestre criado no quarto teve virtudes salutares. A febre desapareceu e os acessos de tosse foram se espaçando. Agora seria preciso desentorpecer aquele corpo por longo tempo relaxado na palha. Num fim de tarde, Arnaud propôs um passeio a Hovsep. Levou-o ao acaso pelas ruas e foi parar na casa dos pássaros. Antes de ultrapassar a soleira da porta, disse-lhe que tinha lhe preparado uma surpresa e que, para que ela fosse completa, tinha de vendar-lhe os olhos.

Conduziu o cego até o viveiro que pouco tempo antes tinha coberto com tecido furta-cor. Virou a tranca e com um empurrão o pôs dentro do viveiro. Aprisionado na gaiola de vime, Hovsep tirou a venda. De joelhos, conseqüência do empurrão que levara, compreendeu em que armadilha caíra. Quieto, desfrutando da solicitude com que o amigo o vinha tratando, numa noite recente ele tinha desfiado, num estado de espírito de plena confiança, um rosário de suas virtudes e de seus vícios, de suas manias e de suas fobias. A mais apavorante das fobias era seu terror obsessivo pelos pássaros. E agora aqueles pássaros esbarravam nele, davam vôos rasantes sobre ele com pânico, furor, frenesi. Hovsep girou sobre si mesmo, fugiu para a direita e para a esquerda para se livrar daquele turbilhão de asas. Penas maiores e menores cortavam como foices, e essas armas tanto mais rígidas quanto mais sedosas abriam em sua carne penetrantes cortes. Fera vencida pelo número dos assaltantes, agora ele rastejava pelo chão. A horda delirante das aves acelerava a cadência. Num sobressalto defensivo, Hovsep feriu com suas unhas o papo de uma das aves, e o sangue dos animais se misturou com o sangue do homem, que se cansou, enfim, de lutar. Apoiou-se na tela do viveiro e ficou firme como um refém que espera sua execução. As aves perderam então sua agressividade impetuosa. Nesse momento Arnaud reabriu a porta do viveiro. Os pássaros, um a um, depois em bandos desorganizados, voaram para o poleiro mais alto. Depois, livres, o viveiro aberto, desapareceram silenciosos como uma nuvem rumo ao céu da noite.

Arnaud levou o comprido corpo de Hovsep cheio de feridas até o beiral do pequeno açude. Sua vingança consumada, a lembrança do escândalo no episódio do bordel de Ercis se esfumou. E pareceu-lhe odioso ter sucumbido a um sentimento sujo, para dizer o mínimo. Lentamente, Hovsep saiu do pesadelo em que Arnaud o tinha mergulhado. Recusou-se a ser ajudado para levantar-se. Como uma grande sede o torturasse, desceu os três degraus até a água e bebeu entre as palmas das mãos. A água tinha gosto de água de charco. Lavou ele próprio suas feridas. De pé no pequeno reservatório de pedra cinzenta, Hovsep ficou nu e ofereceu ao olhar de Arnaud a evidência de sua mutilação.

XIII

Vartan tentava compensar a inatividade e o tédio de uma viagem na liteira passeando pelas ruas das opulentas cidades ou das aldeias, a cada etapa. Seu direito à inércia reivindicado em Erzincã fora apenas a expressão de uma situação passageira. Em Ercis, ele tinha cruzado numerosas vezes com o inimaginável casal que formavam Arnaud e Hovsep. A rapidez dos encontros não tinha proporcionado a ele condições para adivinhar a frieza que um mantinha permanentemente em relação ao outro e a submissão, que beirava a insensatez, de Hovsep em relação a Arnaud. Mas ele se dava o direito de imaginar hipóteses sobre a surpreendente visão do médico sempre junto com o equívoco armênio. Suspeitava, entre outras coisas, que os dois estivessem ligados por algum negócio escuso que os levaria ao antro de um receptador ou de um falsário. Na pequena cidade para a qual afluíam numerosos caravaneiros, o acaso fez com que Hovsep cruzasse de novo com cúmplices. Numa dessas oportunidades, Hovsep ficou para trás em relação a Arnaud. Andava lado a lado com o antigo companheiro de trapaças, como que discursando. Arnaud ia à frente, mas com a preocupação de acertar o passo com eles. Vartan observava o conjunto, até que eles deixaram uma esplanada e entraram por uma ruela e logo depois dela saíram, entrando por um pequeno bosque, à sombra do qual caminharam. A conversa entre os dois velhos companheiros de tramóias pouco a pouco deu lugar a um silêncio cúmplice. Vartan os seguiu até que eles voltaram às ruelas e Arnaud se separou de Hovsep. A estreita ligação entre Arnaud e Hovsep que aquele passeio tão amigável provava deixou Vartan espiritualmente ferido, com inveja daquela misteriosa amizade. Amizade que lembrava a ele, mas de modo deformado, o sentimento que ligava seu pai à empregada. Um demônio lhe soprou nesse momento para que desse fim à existência. Para Montefoschi, ele fez um relatório de espião. Exagerou quanto ao significado dos gestos, inventou uma história que teria nascido em Erzincã. Criou um repertório de pequenos casos que punham à luz a duplicidade de Hovsep e a corrupção de Arnaud. As revelações arrasaram o veneziano. Quando Vartan se retirou, ele era um homem cheio de furor e passou a sentir um mórbido ciúme que até então não sentia. Mas, no dia seguinte, nada deixou transparecer do despeito e da loucura que iam reduzir a cinzas suas ambições e seus sonhos de glória.

Os doentes, dois dias depois, estavam restabelecidos. A caravana se pôs em movimento e se afastou da cidade que fermentava num fedor pestilento. Para os mercadores, tornou-se eternamente um lugar sobre o qual pairavam os espíritos do mal, cujo bafo, como um vento deletério, envenenava o ar e penetrava até as vísceras. Embora criado na fé cristã, Montefoschi sempre se curvara, desde sua primeira cavalgada por aquelas terras desconhecidas, aos preceitos religiosos do local. Tinha depositado oferendas ao pé de estátuas de deuses cujos desígnios ignorava. Antes do adeus à cidade na qual não se ouviam mais gemidos, na qual uma calma morna passara a dominar as ruas e as casas, despejou sobre a palha de uma cavalariça uma vasilha de mel a fim de que os espíritos se embriagassem com aquele perfume.

XIV

Nos mercados de Tabriz, os tabuleiros transbordavam de rolos de seda, de algodão e de tafetás, ofereciam âmbar e almíscar. A lactescência das pérolas e o verde das esmeraldas irisavam de reflexos a noite dos quartos por trás das lojas. Desde o saque de Bagdá pelos mongóis, Tabriz tinha se tornado a capital dos negócios na Pérsia. Nestorianos e jacobitas* lá conviviam sem animosidade. Mas a religião iconoclasta dos maometanos opunha seus fanáticos aos loucos de um deus crucificado e ressuscitado dos mortos. As guerras santas espreitavam no horizonte.

Em Tabriz, os caminhos de Montefoschi e os da maior parte dos mercadores deviam se separar. Só os de espírito mais

*Nestorianos e jacobitas, adeptos do monofisitismo oriental, andaram sempre desunidos apesar da base que deveria uni-los. Nestorianos são os discípulos de Nestor (ou Nestorius), patriarca de Constantinopla no século V, criador da heresia monofisita segundo a qual as duas naturezas do Cristo (divina e humana) tinham individualidade própria. Os nestorianos foram logo condenados pelo concílio de Éfeso, em 431, mas, claro, continuaram a propagar sua doutrina. Os jacobitas são os monofisitas sírios que seguiam Tiago (Jacobus) Baradai, ordenado secretamente no ano de 543. Driblando a polícia de Justiniano, Baradai percorreu todo o país e organizou a hierarquia monofisita da Síria, que o reconhecia como organizador de sua Igreja, mas não usava o termo "jacobita". Todas as tentativas bizantinas de atrair os jacobitas para a ortodoxia foram vãs. Os árabes muçulmanos tratavam os jacobitas com toda a cordialidade até o século IX e esse grupo sírio chegou a desenvolver o que se poderia chamar de uma ciência eclesiástica durante a Idade Média, mas acabou arruinado pelas divisões internas e as perseguições. *(N. do T.)*

aventureiro entre eles continuaram a caminhada para o Oriente, para os desertos que eram descritos como a boca do Inferno, para as neves do Pamir e as cortes principescas em que, segundo se dizia, as mulheres utilizavam-se de sortilégios para reter junto delas os homens rudes vindos da França ou da Itália. Assim, acompanhariam Montefoschi pelas estradas de um mundo que nem mesmo os cartógrafos árabes tinham conseguido reproduzir ainda. A autoridade natural do veneziano e sua familiaridade com as terras inexploradas que ele se gabava de ter percorrido como pioneiro eram uma garantia de sucesso para esse périplo. Só de pensar nesse mundo tremiam os covardes e os desdenhosos de um universo indecifrável e múltiplo. Entretanto, os mercadores não apreciavam as fanfarronices de Hovsep, nem Montefoschi e suas reações de bugre, nem Arnaud de Roanne e sua impassibilidade, que consideravam suspeita; mas tinham esperança de que esses três seres escolhidos para transmitir aos bárbaros a grandeza de uma civilização fariam com que se transformassem, vivos ou mortos, numa lenda. Seriam testemunhas de três destinos cuja trajetória, em cada segmento, teria o fulgor de um sol.

Na cidade de Tabriz vivia um grego que tinha abandonado os negócios havia muitos anos. Freqüentava com assiduidade os banqueiros mais influentes da Pérsia — e com isso conseguia regularmente que seu capital aumentasse. Mas não consumia todo seu tempo tratando de finanças. Marcos Trabukis tinha pretensões de conhecedor nas áreas de filosofia e teologia. Pensadores eruditos o informavam sobre as práticas de purificação dos brâmanes e falavam da edificante renúncia a todas as coisas a que Epíteto tinha consagrado a existência; à sombra de seu jardim, zoroastrianos evocavam por metáfora a cidade das profundezas que Afrasiab edificara em tempos imemoriais; sacerdotes com uma cruz peitoral repetiam os acontecimentos marcantes da curta vida de Cristo. Ouvindo esses homens, Marcos se orgulhava de saber reunir em torno de si representantes de todas as religiões e conversar com eles, como o fazia Kublai.

Quando de uma viagem de Marcos Trabukis à Geórgia, um homem tinha tratado de seu cavalo — e o tinha salvado dos cães que morderam as patas do animal atingindo-o nos tendões. Esse homem era Arnaud de Roanne. Entre eles nascera uma amizade. Numa pousada da aldeia, tinham conversado sobre suas experiências. Uma disputa oratória dispusera seus saberes em campos opostos; o grego distraía seu interlocutor iniciando-o nas manhas dos mercadores; Arnaud de Roanne exumava dos livros de magia cem proposições de feiticeiros para curar as doenças convulsivas dos carneiros. De generalidade em generalidade e de observação em observação instrutiva sobre suas atividades respectivas, acabaram descobrindo os segredos um do outro. E de segredo em segredo decidiram continuar juntos sua jornada até as fronteiras orientais da Pérsia. Lá se separaram, porque Arnaud precisava subir rumo ao Norte para ver com seus próprios olhos éguas de raça que suavam sangue abundantemente e para colher no vale do Narin flores azuis que só germinavam com esterco de lobo. Quanto a Trabukis, voltava para a Pérsia a fim de lá escolher uma esposa.

A mansão de Marcos Trabukis não ficava longe do mercado de especiarias. Os muros que a cercavam delas recebiam perfumes. Contornando-os, o caminhante viajava, pelos odores que a pedra exalava, até as regiões mais longínquas descritas só nos contos. Marcos entregava-se a longas sestas, e suas flores, suas árvores e seus chafarizes davam a seus sonhos cores cintilantes.

Desde sua chegada a Tabriz, Arnaud, acompanhado de Hovsep, visitou seu amigo. Os dois não se tinham revisto desde seu adeus numa estrada amarela pela poeira que cegava. O reencontro tinha a alegria de uma esperança recompensada. Bebeu-se o vinho branco de Chiraz e almoçou-se arroz com pássaro ao vinho, marmelos recheados e uma terrina de frutas em conserva em vinagre. A esposa de Marcos Trabukis tinha se retirado para seus apartamentos desde o início do almoço. Marcos se queixava por não ter um herdeiro. Era uma dor permanente que fazia com que considerasse suas riquezas coisa de pouca importância. Tratava-se de uma das manhãs em que a insignificância das coisas se impunha a seu espírito. Médicos tinham auscultado Erietta e não encontraram em seu organismo nada que pudesse impedir a gravidez. Um astrólogo tinha projetado seu horóscopo. Descobrira influências astrais de cujo desenho se podia deduzir uma característica nitidamente maternal; a conjunção dos planetas prometia a ela um lar em que haveria lugar para um berço. Mas um adivinho veria um espectro do lado de Marcos. Sua interpretação a respeito dessa presença macabra concluía pela impossibilidade de seu hóspede assentar a primeira pedra de uma dinastia. Marcos tinha pensado em repudiar sua esposa estéril, mas não levou avante essa solução: um amor absoluto o ligava a Erietta. Apesar da força desse sentimento, ele seduzia burguesas de Tabriz e freqüentava a cama de suas criadas. Não engravidou nenhuma. Veio-lhe então a aversão por ventres sempre estéreis. Depois, revolvendo a memória, fez um levantamento de seus inimigos. Uma dezena de faces rubicundas ou pálidas lhe lembraram que ele tinha enganado sem remorso imbecis ou aproveitado o pânico de negociantes em apuros. Era provável que algum desses se vingasse dele recorrendo à ajuda de um feiticeiro. Os malefícios encomendados tiveram sucesso: o sêmen de Marcos Trabukis não podia fecundar. Mas quanto mais ele se rendia a essa explicação, mais recusava a idéia de não ter herdeiro. Sessões contra feitiçaria foram vãs. Por fim, ele se decidiu por um estratagema que revoltou Erietta. A esposa suplicava-lhe que não a entregasse aos abraços de um desconhecido. Ele argumentava, ela refutava suas alegações. Houve irritações que não abalaram a resolução do marido. Ela cedeu, afinal, quando o estado de prostração sucedeu às tempestades verbais. A piedade e o desespero fizeram com que ela pisasse sobre uma moral que tinha moldado seu espírito desde a infância. No grande quarto conjugal, ela se preparou para receber um amante efêmero. Marcos Trabukis mandou levantar em redor da cama uma alta paliçada na qual se abria uma porta baixa. O espaço entre as paredes e a cerca criava um corredor circular. O próprio Marcos introduziu à intimidade de Erietta um mercador de passagem por Tabriz mergulhado em dívidas. Deu às apresentações uma solenidade que fez brotar um sorriso nos lábios desse rapaz de vinte anos, e amargura nos lábios de sua mulher. Nesse momento, apenas, Erietta detestou seu esposo. Do corredor, o marido complacente por necessidade ouviu os cochichos, gemidos e gritos. O jovem deixou o quarto ao amanhecer, recompensado gordamente segundo cláusula estipulada por contrato. Antes que o dia se levantasse inteiramente, a paliçada foi desmontada. Mas os meses se passaram e a barriga de Erietta não cresceu. Marcos se perguntava se a maldição não tinha atingido sua mulher tanto quanto a ele. Erietta garantiu-lhe que não, confessando que tinha subornado o rapaz para que não tocasse nela. Tinham simulado todas as características de um prazer a dois. A confissão caiu como um raio sobre Marcos, que entretanto não censurou esse artifício dela que condenava seu nome ao esquecimento, porque admirava a força que a mulher opunha à sua, e isso fez com que a amasse mais. A cada noite eles se procuravam. Mas o instante de ódio que Erietta tinha vivido se fixara nela — e agora ela suportava mal uma paixão que já a estava cansando. Chegara mesmo a um ponto em que esperava com impaciência um outro homem, que dessa vez ela armaria com um punhal.

Arnaud percebeu que a jovialidade de Marcos era apenas uma pausa entre duas poderosas ondas de tristeza. O grego esperava achar um pouco de conforto junto de seu amigo, mas foi tudo em vão. Arnaud tinha mudado. Mostrava-se avaro em palavras que reconfortam e respondia com o silêncio às confidências do amigo. Sem que houvesse motivo para isso, repugnava-lhe relatar suas aventuras, seus triunfos e suas decepções, as paisagens atravessadas e os seres que encontrara. Sua reserva esquiva era o contrário de sua cumplicidade anterior. Um tal laconismo melindrou Trabukis, que falou ao amigo sobre a influência desastrosa que as províncias do Norte às vezes tinham sobre as almas sensíveis. Viver naquelas florestas geladas, errar por aqueles campos infinitos acaba por destruir o gosto pela troca de idéias e o amor às palavras. Arnaud não o contradisse. Apresentou como desculpa um empobrecimento tal de seu vocabulário que lhe causava vergonha falar sobre suas peregrinações. Para apagar a impressão desfavorável de seu antigo companheiro de andanças, Arnaud descreveu em frases arrastadas a casa dos pássaros e, sem nomear Hovsep, lembrou sua louca vingança, os pássaros, o céu como um caldeirão e, sem fazer pausa, falou em termos crus da puta de Ercis e do ato carnal não saciado de que desde então se vangloriava. Pois use uma de minhas servas! — disse-lhe Marcos.

Ritualmente, durante uma semana, no início de cada tarde, Arnaud ia à casa de Trabukis, Hovsep sempre a escoltá-lo. Marcos falava, de preferência, sobre a organização militar da Pérsia, sobre aqueles mongóis que cortavam cabeças com a maior facilidade, mas toleravam qualquer religião, sobre as incessantes escaramuças entre genoveses e venezianos. Erietta aparecia rapidamente nos jardins para verificar quais as frutas, doces e bebidas que seriam largamente servidas, depois sumia. Arnaud desprezava os petiscos, limitando-se a beber um pequeno cântaro de vinho temperado com especiarias. Ligeiramente bêbado, levantava-se em seguida para se entregar às ocupações sensuais que Marcos generosamente lhe proporcionava. Entrava na casa de seu amigo, onde, num lugar discreto, a nudez de uma moça de cozinha, sempre, era-lhe oferecida.

A Trabukis restava então apenas a companhia de Hovsep, que se entediava com o grego, o qual, para que não houvesse entre eles um silêncio pesado demais, iniciava assuntos extravagantes, sobre os quais nem ele mesmo estava minimamente interessado. Um desses monólogos insistia em seu desejo de ornamentar o quarto conjugal com um afresco. Marcos estava à procura de um artista que pudesse lhe apresentar muitos projetos sobre um tema havia muito tempo decidido em sua cabeça. Hovsep lhe falou de Vartan. O iluminador preferido de Hetum, garantiu ele, também poderia revelar-se admirável na execução de um afresco. Seria fácil entrar em contato com ele. Hovsep ofereceu-se para servir de intermediário. Marcos aceitou.

Desde o início de sua conversa com Trabukis, Vartan não escondeu que partiria em breve de Tabriz. Como conseqüência, só poderia oferecer-lhe alguns esboços. Marcos afirmou-lhe então que, uma vez entregue à tarefa, talvez renunciasse a uma viagem insensata. Pintar de púrpura a asa de um faisão ou fazer deslizar um fogo sombrio nas dobras de uma túnica com um só golpe de pincel tem sido para mais de um homem a realização de seus sonhos de glória terrestre. E sem teatralidade, mas sem pudor, Marcos começou a desfiar o caso de Erietta, confessando sua adoração e seu amor. Ao falar, espantava-se de usar palavras que seus lábios havia meses não pronunciavam. Impressionava-o o fato de se abrir com tamanha liberdade a um estranho. Vartan inclinou-se em sua direção para melhor ouvir a confissão que estava sendo feita. Marcos enfrentou afinal o duro momento de sua declaração a respeito de um ato de que se envergonhava. Vartan em pouco tempo nada mais ignorava sobre aquele momento de Erietta deitada, por ordem de seu esposo, ao lado de um mercenário e jovem mercador. O grego deu o longo suspiro do homem que avalia de repente o alcance do desastre que provocou, e viu a mulher que amava em seu cenário cotidiano, no tempo de seus amores. Bruscamente declarou que o afresco devia representar três virgens que seriam a mesma mulher em três estágios da vida. Simbolizariam a inocência, o amor e a morte. Pretendia que o rosto mais marcado pelo tempo guardasse os traços de um passado pleno de afeição e fervor. E por trás dessas três figuras, projetando-se sobre elas, haveria uma cruz na qual estaria crucificado um cão, porque assim é que queria ser representado, ele, Marcos Trabukis, ele que tinha aniquilado com a sua loucura a bela harmonia de um casal. Vartan prometeu desenhar e depois pintar três mulheres enlaçadas. Todas, em seu espírito, tinham os traços de Ripsiméia. O amor realçaria numa explosão de nácar a límpida serenidade da inocência, e a morte tornaria ocas faces que o amor tinha arredondado.

Vartan já não sonhava com os mapas cheios de nervuras de rios e verdes de florestas. Viajar seria a partir de então explorar as mínimas alterações do granulado da pele e da alegria filtrada por pesadas pálpebras. E, pintada, a beleza sobreviveria.

Vartan selou a amizade com um gesto que só fizera até então para um bispo ou para seu rei: beijou as mãos de Marcos Trabukis e pronunciou frases de uma ternura filial. Com seu pai só tivera uma intimidade que o gelava. Mas com esse homem descobria o calor do abandono. Marcos aceitou o reconhecimento que Vartan não escondia. Não se surpreendeu nem teve qualquer desconfiança. Desde que pisara em seu jardim, esse rapaz que encantara com suas obras uma corte e um convento o conquistara. Havia meses não lhe prestavam homenagem como naquele momento. Também acariciara a cabeça que se inclinara diante dele. Naquele instante, sentira-se um senhor, um benfeitor, um amigo.

A partir da manhã seguinte, depois de ter visitado o quarto conjugal, Vartan recolheu-se ao cômodo exíguo porém fresco em que o grego cheio de aflição concluíra com ele uma aliança não ratificada por nenhum documento. O pintor se entregava ao exercício de traçar sobre uma prancha de madeira clara a forma de três corpos que se inclinavam ligeiramente sobre uma fonte ainda invisível.

À hora em que a pedra das fontes brilhava, em que o azul do céu se intensificava e em que o verde das árvores se perfumava, em que as igrejas, sinagogas e mesquitas pareciam modeladas pelo mesmo bronze, Arnaud de Roanne entrava na casa de Marcos. Estava prestes a enveredar por um corredor quando uma mulher apareceu diante dele e lhe tomou a mão. A mulher não sorria nem mostrava qualquer atitude provocante. Erietta mostrava-se tal qual era autenticamente. Ele pensou em libertar-se da mão que envolvia a sua, mas não fez nenhum movimento nesse sentido. Erietta não murmurou uma única palavra. Como no dia em que Marcos a tinha apresentado a Arnaud, limitou-se a um ligeiro movimento de cabeça, a um olhar vazio de bondade e de doçura. Sem largar-lhe a mão, ela se virou para o outro lado; agia como se o guiasse. Passaram por pátios internos e por salas entulhadas de lâmpadas, de almofadas e de cofres. Arnaud esqueceu Marcos. Não o tocavam nem a vergonha nem o desejo. Parecia mergulhado num sonho, insensível ao longínquo rumor da cidade, na qual se cruzavam, se espreitavam, se encaravam tantos homens vindos de tantos horizontes. Tudo lhe era exterior, nada o atingia. Mas quando ela ficou de frente para ele, ele ficou impaciente para que a porta se fechasse logo atrás deles.

Erietta o tinha levado ao quarto conjugal. Mandara erguer previamente cercas em torno da cama, nas quais esvoaçavam véus azulados e bordados de quimeras, de leões e de rosas de prata. Essa cerca de noite pálida constelada de monstros, de feras e de flores seria desmontada à noite. Marcos, assim, ignoraria o frágil esplendor que teria servido de cenário para sua mulher durante algumas horas. Arnaud e ela ultrapassaram aquela barreira móvel de seda. Então, fechados naquele quarto, Erietta Trabukis e Arnaud de Roanne se amaram.

Mais tarde, tudo terminado, Arnaud se lembrava da palpitação sob os panos e da doçura que se evola de um corpo. Era tudo e era pouco, porque não lhe vinha à memória o rosto da mulher. E essa ausência tinha alguma coisa de maléfico: tornava pouco significativa a acariciante beleza dos enfeites extravagantes dos tecidos e da maciez da pele. Tentou desesperadamente lembrar-se dos traços de Erietta, mas sua memória quanto a isso se fechava de modo obstinado.

Por três vezes Arnaud se uniu a essa mulher e a amou. Não entabulou nenhum plano com ela, o futuro lhe era indiferente. E sempre, quando saía à rua depois desses encontros íntimos, o rosto de Erietta se transformava apenas numa forma oval de cinzas, depois num buraco, e enfim numa noite absoluta. Arnaud ia-se acostumando a esse abismo, ainda que sofresse com isso. Mas quando pela quarta vez se estreitou contra esse corpo desejado, soube que o rosto dela não se anularia mais nas trevas. Ela tinha o abandono de uma mulher adormecida. Ele se apoiou sobre um cotovelo e a observou. Cada detalhe do corpo oferecido expunha-se à luz como uma paisagem, mas uma paisagem indecifrável. Erietta sorria. Levantou um braço e a palma da mão cobriu o arredondado e a tepidez de um dos ombros de Arnaud. Reergueu-se e seus dedos deslizaram até a omoplata do homem, delimitaram um canto de pele marcado de vermelho. Quando de sua primeira tarde no quarto, ela já tinha observado a mancha inquietante. Sob a pressão dos dedos, a mancha tomava uma cor avinhada. Sobre essa região ela apoiou a unha, no ponto exato em que o estilete de um emissário do bispo de Erzincã tão habilmente o ferira. Arnaud deu um grito curto e surdo. Erietta o obrigou a deitar-se de bruços. Enrolou-se nele, o joelho contra sua nuca, a cabeleira espalhada sobre as costas dele, e beijou o ponto machucado. Quando se desenrolou do corpo dele, apanhou debaixo da cama um frasco que esvaziou sobre o ombro doente. O líqüido oleoso soltava um perfume. O preparado, garantiu ela, aliviava a dor.

Ordenou-lhe então que se vestisse, fixando-o com extrema prostração. Quando ele se aprontou, pediu-lhe que deixasse o quarto. Arnaud hesitou, mas ela beijou-lhe os lábios, deu-lhe adeus, chamou uma serva e se virou para o outro lado.

Arnaud atravessou o jardim, passou diante de Marcos e não parou. Trabukis reconheceu no seu rastro o perfume de um ungüento que a mulher, algumas noites, esfregava no pescoço, no peito e na barriga. Sentiu-se de repente mergulhado num fosso.

Naquela mesma noite, Erietta fugiu da grande mansão e Marcos se enforcou.

XV

Desde o amanhecer Montefoschi cruzava as ruas de Tabriz. Agitava-se à procura de um mapa, pois aquele que consultara junto com Hetum se mostrara enganador. Estava preocupado principalmente em achar um que indicasse com segurança a estrada que lhe permitira evitar o Pamir. Alegrou-se afinal por ter encontrado aquele que esperava havia muitos dias, batendo sobre os joelhos um mapa cor de areia. Lá estavam desenhados rios e maciços com os respectivos nomes. O dono da loja jurou que aquele mapa era fruto de longo trabalho de um cartógrafo persa e que nenhum o igualava em exatidão. O veneziano depositou então sobre uma mesinha redonda três pilhas de moedas. O outro tirou duas de cada pilha, sopesou-as, fez com que se entrechocassem e tinissem na palma da mão como se jogasse o jogo das pedrinhas, depois as empilhou de novo. "É uma quantia justa para obter uma tal maravilha", disse o homem, "e creio que vou ceder-lhe o mapa por esse preço que você me propõe." E continuou: "Porém o mais elaborado dos mapas continua mudo em certas regiões. Haverá de ser você o aventureiro que um dia determinará a localização real de um lago ou de um oásis, de um mar interior ou de uma planície. Entretanto, você não pode ignorar que o mundo nunca está imóvel. Se afirmar o contrário, será uma criança ou um cego. Debruce-se sobre o mapa e veja esta cidade marcada com uma cruz: ela está perfeitamente situada. Você aí fará uma parada, amará mulheres, trocará camelos por gengibre, a menos que os ventos tenham botado abaixo suas muralhas e espalhado suas pedras, ou que um exército a tenha arrasado, que águas furiosas a tenham engolido. Hoje você tem sob os olhos uma cidade e amanhã haverá ali apenas uma cratera ou dunas. Os mapas nos guiam através de um universo em movimento. Aceite de agora em diante essa prodigiosa verdade e você será, afinal, um viajante."

Essa lição de sabedoria chamou a atenção apenas de Montefoschi. Os sedentários na maioria das vezes ficavam confusos com esse tipo de discurso. À noite mesmo, Montefoschi estudou longamente o mapa. Pouco a pouco ele perdia a clareza admirada na loja e cedo não seria mais do que um arbitrário emaranhado de linhas, um caos de rios e de florestas, uma bruma, enfim, na qual se dissipavam os continentes. De forma irreversível, traços e toques de verde, de vermelho e de azul iam sendo absorvidos pelo pergaminho. Não havia mais nem meandros nem fronteiras, não havia mais cidades nem terras estéreis, nem regiões nem supostas ilhas, mas, em seu lugar, uma pele de animal salpicada de cores que ia endurecendo. Até tarde da noite ele blasfemou como no tempo em que negociava na Criméia. Na manhã seguinte um menino lhe entregou uma caixinha com todas as moedas entregues na véspera ao comerciante. Hovsep recebeu ordem de conduzir o dono da loja ao caravançará a fim de que ele se explicasse. O monte de moedas de ouro restituídas não consolava absolutamente um Montefoschi frustrado e irritado.

A porta estava fechada quando Hovsep chegou à loja. Durante muito tempo ele bateu, até que os vizinhos se indignaram com aquele escândalo. Por que você se obstina assim? —

perguntou um deles. E informou que o proprietário tinha partido naquela manhã mesmo para Bagdá. Nós nos alegramos, acrescentou um outro, porque nunca se está seguro quando se vive ao lado de um homem dado à magia. Os feiticeiros de Tabriz são os mais perigosos do mundo, foi mais longe um terceiro.

Mais que de bandos de salteadores, os perigos de uma viagem de Tabriz ao país dos seres* vinham das areias e dos ventos. Avalanches e chuvas tornavam freqüentemente impraticáveis os caminhos de montanhas. A escolha de guias seguros e experientes em marchas difíceis se impunha. Desde que viu os tijolinhos de ouro de Kublai, Sa'ad al-Daula, um médico judeu, conseguiu dois desses guias para Montefoschi. São guias, disse-lhe o médico, dos mais considerados da Pérsia. Se eu tivesse de ir à China, acrescentou, não dispensaria os serviços deles.

Sa'ad al-Daula exercia o cargo de ministro das Finanças no governo de Argun, o Ilkhan** que reinava na Pérsia. O príncipe mongol se guiava em tudo pela opinião e pelas decisões de seu

*Não confundir com o plural do substantivo "ser". No caso do nome de povo, o *e* da primeira sílaba é vogal de pronúncia aberta (*é*). Trata-se de nome antigo de povos da Ásia oriental, identificados muitas vezes com os chineses — povos entre os quais os gregos iam procurar a seda (o adjetivo *serikós, é, ón*, em grego, significa "de seda": é palavra de formação popular, a partir de um original mandchu, da linguagem comercial). No rumo do Oriente, era o primeiro povo encontrado depois da região da Cítia. De acordo com Antenor Nascentes, o chinês *se-or* significa "mercador de seda chinês": *se* é seda e o sufixo *or* designava os mercadores que negociavam com esse tecido na China. Do chinês *se-or* (*seor*) vem o grego *Sér* (latim *Ser*) para o nome do povo. *(N. do T.)*

**Era o título (significando chefe de tribo) que tomavam os descendentes de Gêngis Khan na dinastia mongol estabelecida na Pérsia de 1251 a 1335, fundada por Hulagu. Seu império se estendia de Amu-Daria ao Oceano Índico e do Indo ao Eufrates, e compreendia também uma parte da Ásia Menor e do Cáucaso. O governo dos Ilkhans, embora durasse menos de um século, não deixou de ser um período de progresso para a Pérsia, marcado pela fundação de grandes cidades e ampliação de outras, além de um avanço nas ciências e nas letras. Quanto a Argun, ou Arrun, quarto rei da Pérsia entre os descendentes de Gêngis Khan, subiu ao trono em 1284, mas quem governava na verdade era seu favorito Bukai. O médico judeu Sa'ad al-Daula sucedeu a Bukai como verdadeira voz determinante no governo de Argun e foi assassinado pouco antes da morte do rei. Realmente, favoreceu judeus e cristãos, em prejuízo dos muçulmanos — não só na ficção. E foi isso que provocou seu assassinato. *(N. do T.)*

ministro. Essa eminência parda abusava de sua influência e de seu poder. Confiava os mais altos postos administrativos aos que freqüentavam a sinagoga ou a igreja. A seu nepotismo correspondia sua impopularidade junto aos muçulmanos. Sua posição, assim, ao mesmo tempo era forte e ameaçada. Durante sua última entrevista com o veneziano, louvou os guias que lhe tinha recomendado: "Jeremias e Trêmer são jovens, mas apesar disso de grande prudência. Deixo em suas mãos dois rapazes que considero meus filhos. Nas estradas da China, estarão talvez mais seguros do que aqui. Sou odiado, bem sei, e esse ódio pode acender o incêndio da revolta. Hoje a fortaleza é inexpugnável, amanhã poderá virar cinza. Repito isso para mim mesmo todo dia. Minha queda está próxima, sem dúvida. Por isso quero afastar esses jovens de uma cidade na qual será desencadeada a vingança e sangue vai rolar. Você tem sorte. Jeremias, além de ser um excelente guia, vai encantá-lo por suas narrativas fabulosas de um mundo que não se parece em nada com este sobre o qual eu reino."

XVI

Foi Mira, uma das servas dos Trabukis, que deu o alarme quando descobriu o suicídio de seu patrão. Bateu no peito com os punhos e parecia que ia arrancar os cabelos. Um remédio para o coração felizmente acalmou a manifestação teatral de seu pavor e de sua dor. Uma vez serenada, ela escapou da casa marcada pelo luto e espalhou de porta em porta e de tenda em tenda o ato pelo qual Marcos Trabukis se tinha danado. Também contou sobre a manhã em que tinha surpreendido um jovem mercador se esgueirando para fora do quarto de Erietta. Falou disso como da causa essencial do drama. Todos a escutaram, escandalizaram-se, lançaram o opróbrio sobre o esposo. Mira falou também da desaparição da esposa. Então, os amigos de Marcos entraram na casa abandonada e queimaram num forno tudo que tinha sido de Erietta. Também jogaram no fogo suas jóias e seu espelho, depois pediram a Deus que a condenasse à errância, ao desprezo e ao remorso.

Dos pés à cabeça, uma queimação percorreu seu grande corpo nu. Arnaud delirava por causa de um veneno e de um ungüento. Montefoschi e Vartan, alertados por seus gemidos, correram ao seu quarto. Só Hovsep, que partira em busca de um médico, não estava à cabeceira do agonizante. Toda a pele de Arnaud se pintou de vermelhidões que de repente assumiram aspecto marmóreo de manchas cor de leite. Em poucos minutos, dir-se-ia que tinham esfregado giz naquele corpo. Quando seu rosto pareceu besuntado de alvaiade, Arnaud de Roanne morreu.

Hovsep mantinha-se à distância do cadáver acusando em voz baixa o veneziano de ter envenenado Arnaud. Salmodiava ora sobre o amor, ora sobre o desespero e a vingança. As pessoas se afastavam dele, ou o deixavam cantar sozinho a litania da dor e do ódio. Havia em seu olhar um sofrimento imenso, mas também uma violência de dar medo, que paralisava os mais comovidos diante desse homem.

Ele hesitava em preparar o cadáver de seu amigo, porque isso seria cumprir os primeiros gestos do adeus.

A noite se aproximava quando Hovsep interrompeu seu canto iniciando um outro, este, melancólico, vindo dos tempos de outrora e aprendido numa infância de que era tudo que restava. Hovsep parecia um pastor que entoa um salmo sobre o efêmero das paixões terrestres. Sua cantilena terminou por uma nota mais alta.

O ruído agudo de um inseto distraía aqui e ali Vartan de uma tristeza que ia se acomodando. O jovem artista observava também o veludo negro do céu. Marcos Trabukis lhe fazia falta. Mas, compreendendo que alguém pode se arrebentar diante de uma realidade insustentável, não se insurgia contra a escolha dele pela morte provocada. Ao contrário, rezava para que lhe fosse dado viver, por sua vez, os sentimentos extremos. Sua oração se dirigia a um deus sem nome, que não julgaria nem o contato carnal nem a traição de um amante.

Uma linha de um ouro pálido riscava o horizonte e, no pátio do caravançará, Hovsep clamava aos céus de braços erguidos, ia ora para a direita, ora para a esquerda, como se oscilasse debaixo de um pesado fardo, vaticinasse para todos os ventos; o nome de Montefoschi era ouvido em todas as suas elocubrações. Hovsep era um pião, descrevia espirais e volutas. Vartan o dominou, segurando-o, e cochichou-lhe palavras que acalmavam. O possesso se transformou num homem acabrunhado, despedaçado.

Revolvendo a mochila de Arnaud, Montefoschi achou uma folha de papel de arroz na qual havia a receita de diversas poções. Uma dizia respeito às convulsões, uma outra, às alucinações. Um boticário de Tabriz conseguira, de acordo com a encomenda, produzir um xarope de propriedades narcóticas. Montefoschi misturou esse xarope com o vinho que Hovsep bebia. O efeito foi quase imediato: o homem caiu numa bem-vinda letargia, e foi nesse estado que o conduziram a uma liteira. Pouco antes da partida de Tabriz, Arnaud de Roanne foi enterrado num pequeno cemitério que confinava com a igreja freqüentada tradicionalmente pelos viajantes a caminho da China.

XVII

O número de mercadores estava reduzido a menos da metade, a caravana não era mais a sinuosa coluna de camelos que tinha deixado Sis. Da milícia armênia restava ainda um punhado de soldados, o grosso da tropa tinha retomado o caminho da Cilícia. Hetum e Montefoschi tinham convencionado isso. O rei tinha garantido a Montefoschi que dez rapazes mais vigorosos, tão armados quanto os bárbaros outrora às portas de Roma, seriam suficientes de Tabriz em diante para prover a segurança do embaixador e do pintor. Os rapagões saberiam retalhar em pedacinhos os piores bandidos. Além de tudo, seria má política entrar em Pequim com estardalhaço. Hetum não mandava fogo e aço para Kublai, mas a bandeira da fé.

Os homens arquejavam sob um sol de rachar. A liteira balançava sobre uma pista pedregosa. Montefoschi estava satisfeito de ter, como um médico, vencido o furor de um antigo ladrão que, desde cedo na vida, estava habituado a quebrar os ossos de quem o tinha sustentado. A intervalos regulares, ministrava o narcótico a Hovsep, de cujos lábios, de tempos em tempos, corria uma baba. Entorpecido, entretanto, ele parecia sereno. Vartan nunca mais se intrometeu e deixava Montefoschi completar seu ritual. Não havia motivo, raciocinava ele, para apressar a volta das visões e dos gritos de vingança. E, depois, ele apreciava o silêncio das estradas que àquela altura nada quebrava, e que lhe permitia pensar em Marcos, mas também no futuro.

Jeremias correspondia ao retrato que dele traçara Sa'ad al-Daula. Tinha a segurança de um príncipe que guia seu povo para terras mais clementes, sem buscar interpretar o vôo da águia num céu branco, nem se inquietar com a estiagem que secara numerosos rios, convertendo-os em leitos de poeira. Nada parecia abalar sua certeza de conduzir a caravana a bom termo. Cavalgava sempre ao lado de Trêmer e ambos tinham sempre longas conversas ao pé do fogo a cada parada. Montefoschi se irritava com a cordialidade existente entre eles, sem nunca ousar separá-los, porque romper a cumplicidade dos dois seria privar os viajantes do conhecimento das estradas, das planícies e dos desertos.

À noite, na sala comum de um caravançará, na orla de uma floresta petrificada, no coração de uma campina, Jeremias se transformava em contador de histórias. Em meio às ruínas de Savé, suscitou a presença de lobos descrevendo um mundo em que o inverno era a única estação. Entre seus dedos, areia escorria e francos acreditavam ver uma neve esquecida cobrir-se de uma nuvem de pó.

De dia, ele era o guia austero e o falcão que via todo raminho até o fundo do precipício. Anunciava as ravinas e previa, apenas voltando a cabeça e auscultando o pico ou o penhasco de uma colina escarpada, o desmoronamento próximo. Gravava tudo, a aresta de pedra ruça e as pegadas do jumento selvagem ou da gazela, a toca da raposa ou os sinais de uma antiga batalha. Em voz alta, citava os nomes das cidades, aqui, Avé, ou Kaxã, ali. Sobre ruínas ou sobre areia, lia a história do mundo. Vartan, ao ouvi-lo, lembrava do pai, para quem uma pradaria nunca era uma simples extensão de terra onde passeavam animais. Recorda-te, dizia ele, que aqui em tempos de outrora esta pradaria foi escolhida para que neste local se conseguisse uma vitória.

Durante sete dias, a caravana avançou numa paisagem de mato cor de ferrugem. Os espinheiros, depois da passagem dos homens e dos animais, enfeitavam-se de tufos de crina e pedaços de pano. A caça era abundante. Entre raízes aflorando da terra faisões alçavam vôo. Os soldados, alguns mercadores e Montefoschi arriscavam flechadas. Assavam-se aves num cenário de árvores anãs. Jeremias, mastigando uma carne de fumeiro, imaginava lá dentro de si os ecos de uma caçada em que o cervo era um brilho de ouro e o monteiro-mor um demônio. Ao amanhecer, um verde de oceano inundava o Leste. Rosas cintilavam e a noite, definitivamente, morria.

Uma extensa planície cinzenta levava ao reino de Kerman. Turbilhões de cavalos mongóis tinham abalado o solo ali. A lembrança de um céu ensombrecido por uma nuvem de flechas ainda perseguia os habitantes daquela terra de onde se extraía a turquesa. Nas cercanias de uma aldeia, Jeremias recolheu alguns ossos. Uma criança tinha morrido ali. Suspeitou-se que se tinha tentado reduzir a pó o último sinal de um crime ou que se tratava de um corpo vencido pela penúria de água. O rapaz explicou que uma longa alquimia converteria talvez aqueles ossos em turquesa. Todo mundo riu. Mas, no dia seguinte, muitos carregaram à socapa seus sacos de viagem com os mínimos fragmentos daqueles esqueletos de homens ou de animais que juncavam as estradas.

Por todo o reino de Kerman ressoava o martelar do aço, que empestava a pele curtida. Num vilarejo, Montefoschi se abasteceu de arreios, selas e freios.

De cidade em cidade, Montefoschi carregava os camelos com provisões de farinha, de correias de doce de melão em conserva, de carne seca. Alimentava à sua custa os mercadores, porque queria mostrar-se pródigo em benesses, como um rei. Para isso, esgotava sua reserva pessoal. Em Tabriz, designara Vartan como contador e o artista começava a se apavorar com as despesas que aumentavam sem parar. Oferecer comida de graça a pessoas que tinham um pecúlio era um capricho. Repartir seus víveres, passar horas a escolher vitualhas neste balcão e não naquele também era um modo de Montefoschi tentar esquecer os amores de Hovsep e sua traição.

Jeremias e Trêmer distribuíam os vinhos e as pernas de carneiro. E o veneziano olhava a cena de longe. Quanto mais se despojava de seu dinheiro mais evitava qualquer relação com os caravaneiros e os soldados. Era um rei generoso, certamente, mas um rei que não se mistura com a plebe.

Prolongando os dias de estado letárgico de Hovsep, Montefoschi mantinha a esperança de reatar com seu companheiro de viagem as relações anteriores. Por isso reduziu as doses do narcótico e se pôs a observar no rosto do homem que dormia o menor tremor que denunciasse o seu despertar. Na verdade, da soleira da porta ele aguardava que se desenhasse de novo a silhueta do ladrão de Aiás. À espera dessa transformação, a cada caravançará em que paravam, ele passou a deixar a porta do quarto dele entreaberta.

XVIII

A caravana parou três dias em Kubonã. Lá, Montefoschi soube que entre essa cidade e Xebergã uma quadrilha de bandidos roubava os viajantes. Uma vez roubado o ouro e depenados os mercadores, desembainhavam o punhal. A carniça humana acrescentava seus miasmas às carcaças animais. Reconhecia-se o território onde operavam esses bandoleiros pelo ar corrompido que se respirava na área. Em vez de amedrontá-lo, esse perigo estimulou o veneziano, porque teria enfim oportunidade para mostrar suas artimanhas e sua invencibilidade. Comprou então metros e metros de uma fazenda preta e pesada, empilhou tochas de resina na liteira e carregou uma carroça com estacas, lanças e pássaros em gaiola.

Às portas da cidade as terras eram áridas. Em pleno dia, Montefoschi ordenou uma parada nessa paisagem ocre e encapelada. Deus, dizia ele, criava miragens nesse solo desértico, a fim de alucinar o viajante e assim puni-lo por seu desejo desenfreado de aventuras e de riquezas. Muito bem, eu — dizia —, sob este sol ardente, serei o deus que fará de uma simples caravana uma visão, semeando o pânico entre os bandidos. Serei o deus que se recusa a perder nas areias homens cheios de ambição e sabe afastar a infelicidade e a ruína. Serei, afinal, aquele que os leva ao Oriente.

Fez uma proclamação aos homens, confiou-lhes as razões daquela parada e deu ordens com uma tal autoridade que elas foram executadas sem protesto. Daquele momento em diante, o dia seria destinado ao repouso e a noite consagrada aos deslocamentos, declarou ele. Assim, ficou estabelecido que a cada parada seriam acesas grandes fogueiras, formando um círculo perfeito em meio ao qual estariam os animais, os tesouros e os homens. Entre uma fogueira e outra, fincar-se-iam na areia lanças e estacas e nelas seriam empaladas as galinhas. O intolerável calor do verão aceleraria o apodrecimento. Por fim, mercadores e soldados, guias e intérpretes se enrolariam nas peças de tecido preto. Os cavalos, os camelos e as mulas seriam cobertos com o mesmo pano. E com uma tela preta seriam cobertas também a carroça e a liteira. Esse estratagema, concluiu Montefoschi, era o único que podia impressionar e, portanto, manter à distância os assaltantes, os degoladores que dominavam aquela província.

Como ele tinha previsto, o fedor e as fogueiras criaram uma fronteira que os ladrões de modo algum ousaram ultrapassar. Ouvia-se às vezes uma cavalgada longínqua e às vezes presenças imóveis espionando de uma duna aquela reunião de seres fantasmagóricos. No crepúsculo, a caravana se punha em movimento, deixando as galinhas estripadas aos vermes e ao nada.

Cada um tinha acendido uma tocha e a brandia. A impressão que se tinha é que então uma única chama ondeava sobre uma longa serpente cor de fuligem. Quem a visse evoluir no mais profundo da noite imaginaria estar assistindo ao arrastar de um animal fabuloso, surgido do Inferno e se dirigindo às cidades para lá instaurar o reino do medo.

Xebergã afinal estava perto. Quando da décima e última parada, os homens perceberam que havia mudança na perspectiva vista além das fogueiras. Tudo que se ouvia era o puro silêncio do deserto; nenhum ruído de casco, nenhuma sombra se desenhando nos pontos mais altos das dunas. Os ladrões, sem dúvida, tinham se afastado definitivamente da estranha procissão, por temor, talvez, de acompanhar de perto durante um tempo muito prolongado aqueles feiticeiros adoradores do fogo e de carniças.

Os mercadores, quer fossem armênios, persas ou francos, lembrar-se-iam para sempre dessa viagem. Tinham gostado inicialmente de cavalgar vestidos de escuridão lembrando morcegos, depois esqueceram essa semelhança, porque começava a espantá-los o fato de que uma simples tocha e galinhas empaladas adiassem e até impedissem o assalto dos bandoleiros. Não, isso não era suficiente para afastar o perigo. Desse modo, começaram a admitir sua metamorfose em seres intocáveis, príncipes de ascendência divina. De resto, como se diz de Deus, não tiveram nem fome nem sede. Mas essa impressão sobreviveu por pouco tempo neles, porque, perto de Xebergã, meteram num espeto e assaram as últimas aves e, boca e dedos lambuzados de gordura, voltaram a ser, sem se dar conta disso, viajantes como quaisquer outros, quer dizer, pequenos seres insignificantes, devassos e cruéis quando se apresentasse a ocasião. Seus pensamentos se voltavam, como quase sempre, para as minas de ouro e de prata, para os mais importantes centros de negócio da Bactriana. Mas, voltando a familiarizar-se com eles mesmos, puderam sentir de repente o que os diferenciava de Montefoschi. O veneziano, Vartan, Jeremias e Trêmer, que jantavam a poucos passos deles e tinham abandonado os panos pretos que os envolviam, irradiavam, isso era inegável, uma certa grandeza.

De manhã, Montefoschi pediu a todos os companheiros que nada dissessem sobre os disfarces, porque naquelas províncias, preveniu-os, a aventura podia ser interpretada como um sinal de feitiçaria e então haveria o risco grande de que acabassem numa fogueira, ou mesmo lapidados.

Hovsep entreabriu os olhos. Sentia que tinha recuperado as forças. Podia agora cruzar e descruzar os braços, dobrar as pernas, deitar-se de lado ou de bruços. Não estava mais mergulhado em sonhos profundos. Naquele dia, tinha sido alimentado com uma tigela de mingau e restos de carne, que o carcereiro mastigava previamente para facilitar a absorção pelo paciente. Mas Hovsep nada comentara com ele sobre a capacidade de movimentos quase que totalmente recuperada de seus membros, nem que as brumas de seu espírito se dissipavam.

XIX

Monges na caminhada de uma peregrinação tinham visto a ondulação de fogo na noite do deserto. Pelas ruas de Xebergã já se espalhava a lenda, à chegada da caravana, de um dragão com uma crista de fogo e de um bivaque surgido das entranhas da terra. Montefoschi tentou abreviar seu tempo de permanência na cidade, mas os mercadores a isso se opuseram firmemente, invocando o cansaço e a necessidade de negociar alguma coisa na cidade. O veneziano curvou-se às razões alegadas. Ao contrário de Hovsep, ele era incapaz de inventar histórias fabulosas para obrigá-los a partir no mesmo instante.

Nessa cidade, Vartan assistiu a intermináveis discussões entre nestorianos e conviveu com masdeístas.* Comovia-se mais com um sorriso, com o som de uma voz, com a visão de um ombro nu, do que com pessoas que dormiam à sombra de

---

*Religião dualista que dominou o antigo Irã, a partir de revelações feitas por uma divindade, Aura-Masdá, o espírito do bem, a Zaratustra no século VII a.C. Zaratustra conquistou os primeiros adeptos na região da Bactriana. A doutrina a ele revelada está enraizada na velha religião popular iraniana e parte da existência de duas variedades de divindades, demônios e deuses, *daleva* e *cura*. O homem deve se afastar dos poderes maléficos e se manter puro para merecer depois da morte a luz e não as trevas. O deus do bem, mestre da sabedoria e criador do mundo, Aura-Masdá, tem por antagonista seu irmão gêmeo decaído Arimã. Um é a própria verdade e o bem, o outro é o príncipe do Inferno. Um dos antigos elementos do culto é o consumo do *haoma*, uma bebida inebriante. *(N. do T.)*

um muro ou com as disputas oratórias. Numa reação à austeridade das terras pelas quais acabara de passar e ao silêncio imposto por Montefoschi, ele se encantava com a diversidade dos homens, dos costumes e das crenças. Passeava pelos mercados, sem se cansar com as fragrâncias que impregnavam o ar. Foi aos banhos, e lá permaneceu durante horas a contemplar os corpos que evoluíam diante de seus olhos. Quando um rapaz o convidou a se retirar para um canto isolado, deixou o recinto. Mas, de volta ao caravançará, lamentou ter recusado o convite, porque sentira desejo por aquele jovem. No entanto, não voltou aos banhos, não ousando ainda viver aquilo que Montefoschi e muitos outros praticavam.

XX

Uma inscrição sobre o frontão de uma das portas de Balk afirmava que a cidade tinha sido construída para a glória de Deus e que a vontade do sultão a tinha metamorfoseado em paraíso. Mas Balk, havia alguns decênios, não oferecia ao olhar senão um vasto campo de ruínas, porque o exército mongol a tinha arrasado. Sob seus muros, os conquistadores tinham reunido uma população feroz. Durante a conquista, os únicos ruídos que se ouviam eram o dos sabres se abatendo sobre as nucas e o bater dos cascos dos cavalos. Os sobreviventes do massacre assistiriam ao crescimento da enorme coorte de escravos. Um incêndio tinha marcado o fim da prosperidade tanto da cidade como da região. Como uma gigantesca pedra tubular, isolada, erguia-se ainda a porta de Balk.

Árvores se infiltravam através de um amontoado de ruínas. A verdura retoma aqui e ali uma paisagem de calamidade. Pastores e suas cabras buscam as sombras, tão raras desde que a soldadesca de Gêngis Khan, num dia longínquo, tinha incendiado bosques e jardins.

A caravana fez alto perto das ruínas das fortificações. Havia ao alcance dos olhos um amontoado caótico de pedras, sobre as quais retinia por vezes a queda de um calhau. Poucos viajantes tinham ousadia suficiente para se aventurar até um labirinto de ruínas, naquele silêncio de objetos despedaçados, num mundo destruído. O tempo se encarregava de esmagar um lugar que parecia um pesadelo no qual despontavam ainda alguns vestígios de luminoso esplendor.

Vartan sentiu medo diante dessa imóvel convulsão mineral ornada de grandes vegetais e entregue aos pássaros, aos répteis e aos insetos. Nada em Balk, para sempre humilhada, convidava às libações ou ao repouso. Vartan vestiu sua túnica, tentando negar a realidade, as guerras e as invasões, os suplícios e as degolações. Também queria esquecer a fornalha que era o dia e o frio que viria à noite, e lembrar-se apenas dos banhos de Xebergã. Então, adormecia para encontrar em sonhos aquele jovem que lhe prometera o prazer.

Por esse tempo, Trêmer e Jeremias escalavam pirâmides de pedra; dançavam no parapeito de um poço coberto por vigas. Provocavam-se amigavelmente e lutavam bem-humorados. Brincalhões escandalosamente alegres, quase inconvenientes naquele cenário negro conseqüente aos cataclismas, eles tomavam posse do lugar. Um mesmo sorriso se eternizava em seus lábios e um mesmo olhar permanecia em seus olhos. Um obscuro parentesco de alma os unia. Pareciam refletir-se um no outro.

Montefoschi observava suas corridas intermináveis. A impetuosidade dos dois jovens o aturdia. Como predadores com sua presa, eles o cansavam se aproximando e se afastando aos pulos incessantes. Em relação a eles, o veneziano se mostrava de uma indulgência rara e não tinha uma palavra para repreendê-los nem um gesto para interromper suas brincadeiras. De repente, ele os agarrava pela manga, passava-lhes um pito como a colegiais insolentes e, bruscamente fascinado pelos gestos iguais de ambos, dizia-lhes: Acalmem-se, seus gêmeos! — Gêmeos? — ironizava Trêmer, acrescentando: — Antes amigos unidos pelo ódio ao homem mais poderoso de Tabriz, Sa'ad al-Daula. E agora largue-nos, você cujo defeito mais grave talvez seja a credulidade.

Acusado de credulidade, Montefoschi teve imediatamente um acesso de cólera, depois disse a si próprio que cedo ou tarde eles pagariam por essa insolência e que ele os obrigaria amanhã ou depois a confessar a razão pela qual hostilizavam o famoso Sa'ad al-Daula.

Sobre as lajes do que tinha sido antes o lugar dos banhos, galhos e restos de cinzas formavam um estranho desenho. Montefoschi deu-lhe uma significação e o interpretou como os arúspices interpretavam as vísceras do touro. De uma confusão de linhas, deduziu o seu futuro. Viu ali um astro que, por um desvio brutal de sua órbita, produziria uma catástrofe. Em Veneza, tinha observado uma vez um cometa no céu que se chocava com obstáculos invisíveis. Bruscamente, o cometa se soltara da abóbada celeste para enfim cair no mar. Precisamente por essa época é que os genoveses afundaram numerosos navios da República Veneziana. A vitória deles anunciava o declínio da República, desastre que sem nenhuma dúvida a queda do astro previa. Como acontecera com Veneza, achava ele que aconteceria para si. Tudo o levava a crer nisso: as curvas de folhagens sobre aquele chão muito sujo, assim como as ruínas que o cercavam. Balk era o espelho de seu fim.

A liteira tinha ficado fora do acampamento. Assim Montefoschi tinha decidido, porque, cansado de dormir só, tinha planejado juntar-se a Hovsep naquela primeira noite em Balk, mas longe dos olhares alheios. A noite chegara e Montefoschi levantou a cortina: a liteira estava vazia. De Hovsep não restava mais do que um cheiro de cera rançosa e de urina de que Montefoschi gostou, porque esse cheiro lhe lembrava um ser completo em seu poder, ainda que naquele momento significasse ausência — mas isso ele não queria aceitar. Então ele se abandonou na liteira, jogou-se entre as almofadas e teve a impressão simultânea de se enterrar no lodo e de abraçar a lembrança de um corpo. Se bem que suas mãos acariciassem o capote de lã com que Hovsep se cobria todas as noites, a ilusão se desfez em pouco tempo. Logo ele sentiu a dor causada por um abandono que apesar de tudo ele se recusava a crer definitivo. Arrancou-se daquele chiqueiro em que Hovsep chafurdara por tanto tempo e saiu em busca do homem pelo qual nunca deixava de sentir uma paixão.

Os mercadores dormiam. Montefoschi, que em outras vezes não hesitava em interromper com ou sem motivo o sono dos companheiros, hesitou em acordá-los. Vartan, como sempre, estava enrolado em sua túnica, mergulhado nos seus sonhos, indiferente à noite de uma cidade morta. Também respeitou nele a quietude do rapaz que durante algumas horas estaria livre dos irracionais comportamentos humanos. Perguntou-lhe entretanto se estava com frio. Estava feliz simplesmente de ouvir sua própria voz. Teve de repente a certeza de que Hovsep não tinha saído de Balk. A liteira empoeirada de azul profundo o atraía como um ímã. Voltou para lá. Era lá que devia esperá-lo.

Mas Montefoschi, perdendo a paciência, cortou as almofadas. Riu então a gargalhada grosseira dos glutões, depois se enterrou no colchão de penas. Mãos cruzadas sobre o peito, pálpebras fechadas, respiração regular, parecia-se com Hovsep rígido e inconsciente, surdo aos murmúrios do deserto, cego às chamas castigando homens em marcha. Como Hovsep, agora, ele era um urso hibernando no fundo da gruta.

Em Balk pululavam o escorpião e o coleóptero, o rato e o coelho, a víbora e as aves de rapina. Sobre as lajes, no pé das colunas arruinadas, em todas as anfractuosidades da pedra, espécies animais, desde que o sol caía, punham-se a caçar, espreitavam, degolavam-se, guinchavam, estertoravam, acasalavam-se. Guerreiros minúsculos atacavam os roedores agonizantes. Gritos repercutiam nos quatro cantos da cidade; gritos de pânico ou de encontros, gritos de saciedade ou de furor. Num silêncio entrecortado por esses gritos é que Hovsep errava. Não poucas vezes tropeçava, os joelhos e as palmas das mãos sangravam, arrastando-se sobre um caos de ruínas.

Tinha o desejo de matar, mas suas mãos não eram mais aquelas que estrangulavam e os músculos de suas coxas estavam enferrujados por sua imobilidade prolongada. Logo, esperava ele, estaria de novo de posse de suas forças. Então, seria o fim de Montefoschi.

Embriagado pela noite, gania injúrias contra a lua e as estrelas. Como coisas que apareciam todo dia, transportavam seu pensamento a uma existência muito cedo acabada. Rebatizou a Grande Ursa e deu-lhe o nome de Arnaud de Roanne, porque via na disposição dos astros o contorno de um corpo. Deitou-se na terra e fixou a cintilação celeste.

Ao amanhecer, Trêmer percebeu um barulho insólito. Acreditando tratar-se de ladrões, deu o alarme, quando viu um homem que violava os fardos. Foi então que reconheceu Hovsep. Em volta dele, corria o vinho de odres revirados, carnes e frutas secas estavam espalhadas pela areia. Uma peça de seda estava suja de excrementos, peças de algodão rasgadas.

Os soldados, por ordem de Trêmer, agarraram Hovsep, amarraram-no a uma estaca e começaram a espancá-lo. Os caravaneiros se uniram a eles e batiam. Suas exclamações de furor tinham despertado Montefoschi. Foi na direção de um rosto inchado que ele avançou. Os homens se acalmaram ao vê-lo e confiaram Hovsep à sua justiça. Um armênio, entretanto, ousou propor que as mãos daquele demente fossem cortadas. Montefoschi estava dividido entre a alegria de revê-lo e a obrigação de castigar aquele insensato, cujo ato de vandalismo tinha reduzido seriamente os víveres da caravana. Disse, entretanto, palavras infelizes tentando classificar de pequenas as perdas dos tecidos, e a quantia que propôs como ressarcimento não chegou a aplacar a raiva das vítimas do prejuízo. O descontentamento redobrou. Montefoschi não podia evitar a punição. Mas, antes de condenar Hovsep a um suplício qualquer, contou a história dele. Baladas, no século seguinte, reproduziriam o episódio. *A Cantilena do Ladrão* e *O Choro do Magricela* seriam entoadas pelos fidalgotes de província assim como pelos camponeses e os vagabundos. Reunindo todos os elementos de uma vida em sua história, Montefoschi arrancava as roupas do homem à medida que falava. Estava contando o julgamento a que Hovsep fora submetido em Aiás quando acabou de despi-lo. A mutilação tornou-se visível a todos. O ódio dos mercadores cessou de repente, substituído pelo mal-estar. Todos foram se dispersando sem uma palavra, mas prometendo degolar Hovsep se por acaso ele reincidisse em suas loucuras.

Vartan cortou a corda que prendia os braços do acusado e Montefoschi cobriu de trapos a nudez do humilhado. Em seguida ajeitaram Hovsep sobre um burrinho e Montefoschi chicoteou a garupa do animal. A montaria e seu cavaleiro em pouco tempo não eram mais do que uma rala poeira no horizonte.

XXI

A caravana tomou o rumo do nordeste.

Era um alívio para os viajantes o fato de não terem estacionado por mais de três dias às portas de Balk. A cidade enegrecida pelo fogo representava para eles um espectro que influía sombriamente sobre suas disposições. Estavam impacientes por se afastar de um lugar onde os gestos compulsivos e as palavras ardentes de Montefoschi tinham mortificado um homem desvendando o seu segredo. Achavam que cedo ou tarde o veneziano divulgaria alguns dos crimes deles, porque tinham apunhalado a testemunha de transações duvidosas, caluniado um parente para arruinar sua reputação e recuperar sua clientela, perfurado o intestino de um jovem enfiando-lhe o cabo de uma enxada no ânus. Entre eles, o habitual era blasfemar contra o céu e os anjos. Todos temiam que Montefoschi soubesse de suas faltas mais condenáveis. Uma intuição os impedia de revelar antecipadamente o que sabiam, isto é, de arriscar-se a acusá-lo de sodomia, de assassinato e de blasfêmia: suspeitavam que o homem tinha comércio com os demônios, contra cujo poder eram impotentes.

Pouco depois da cidade de Kanabad, a caravana cruzou com guerreiros de turbante, depois com caçadores cujos molossos perseguiam um porco-espinho sobre um fundo de montanhas de sal, cinzentas como se uma luz baça as envolvesse sempre. Mas esses encontros e essa paisagem monótona foram esquecidos quando, à saída de uma garganta, apareceu um cavalo selvagem montado por Hovsep. O cavaleiro galopava distante, mas paralelamente à caravana e nem uma única vez tentou dela se aproximar. Porém era possível ouvir à noite seu cavalo que batia as patas e circulava sem parar em caracóis.

Desde que Hovsep surgiu, Montefoschi grudou-se na sela e se pôs a gemer. Como o armênio na cabeceira de Arnaud de Roanne, entoava uma dolorosa melopéia que era um apelo e uma súplica. Chamava contra si a espada da justiça divina e suplicava ao proscrito e aos espíritos das planícies e dos planaltos que interrompessem definitivamente aquela marcha tornada absurda desde que ele tinha conhecido a traição amorosa. E acaso não seria a pior coisa, pensava, querer humilhar o ser amado e chegar a fazer isso? Então não seria justo receber o golpe fatal da própria mão do humilhado?

Numa das últimas noites de outubro, teve-se a impressão de que a terra tremia sob os cascos de um rebanho de mil cabeças. Ao longe, o cavalo de Hovsep relinchava e Hovsep soltava o grito dos batedores mongóis. De repente, ressoou na planície um longo balido rouco. Grandes carneiros brancos de chifres retorcidos rebentaram como onda do mar na planície de capim alto. Formavam como que um grande friso que rasgava os vapores da noite. O peito dos animais e seus flancos se sujavam de lama e do capim arrancado à sua intempestiva passagem. Hovsep estava por toda parte ao mesmo tempo. Dirigia-os para o acampamento como os batedores nas caçadas dirigiam um bando de cervos. Era uma corrida infernal, os carneiros selvagens derrubavam tendas e levavam de roldão homens e animais de carga. Chifres furavam a barriga dos camelos. Os homens gesticulavam, tentavam se proteger correndo para trás de alguns rochedos, buscando ficar ao abrigo daquela investida mortal. Todos, naquele momento, preferiam ser pedras. Fogos se cruzavam sob o peso de uma máquina de guerra cujos gritos eram de animais. As cinzas se espalharam. O ar cheirava a lã de carneiro queimada e a chifres chamuscados. Depois a massa ovina deu um giro louco. Esse movimento não deixou uma vara de pé. O chão se transformou numa argila suja. E, de repente, o rebanho louco abandonou o acampamento e continuou sua corrida nas trevas.

De manhã, a consternação reinava entre os caravaneiros de olhar ainda cheio de medo. Oito deles tinham sido estripados. Foram enterrados numa terra conturbada. Vartan celebrou o ofício fúnebre. Recitou versículos, relembrando as palavras que pronunciava em Sguevra. Sua voz era a do pastor rodeado de lobos que pede socorro a seu deus. De manhã, andou-se pela planície em busca de cavalos e camelos que se tinham soltado e fugido.

A aterradora horda de carneiros selvagens tirara Montefoschi de seus gemidos. Ele tinha posto para fora muito de sua fúria a golpes de sabre e seus gritos de raiva tinham sido ouvidos por seus companheiros de estrada apesar da barulheira. Mas, assim que os animais desapareceram na noite suas mãos largaram a arma e seus olhos passaram a esquadrinhar a escuridão soberana: Hovsep se tornara invisível. A partir daí, Montefoschi permaneceu indiferente aos gritos dos feridos, aos estertores dos animais, aos guinchos dos que tinham escapado dos cascos e dos chifres.

A cólera dos mercadores chegara ao auge: os estragos materiais tinham sido importantes. Culpavam Montefoschi pela infelicidade geral. O desespero deles era tal que agora desprezavam o medo de enfrentar um homem servido por uma coorte de diabos. Apesar da intercessão de Vartan, eles o agarraram, o açoitaram e lhe prometeram o mesmo castigo que Hovsep tinha sofrido na Cilícia. Juraram partir à caça do homem, trazer vivo o amigo dos carneiros e obrigar o veneziano a degolá-lo. Mas três águias voavam em círculos no céu, três águias que desceram lentamente em direção ao grupo vociferante de caravaneiros e, com suas asas, os dispersaram. Pousaram perto de Montefoschi. Não pareciam belicosas: calmamente se entregaram a catar-se os piolhos. Depois se deitaram sobre seu protegido, assumindo a imobilidade dos pássaros mortos. O silêncio das pedras, o sopro do vento e o mutismo dos homens formavam uma perfeita correspondência. De repente, as águias estremeceram, se reergueram e num mesmo impulso levantaram vôo. Sob o palpitante manto de plumas, Montefoschi tinha sentido seu corpo retomar vigor e seu coração tinha batido no ritmo do coração dos animais. Ele se levantou e, quando ficou de pé, não se lembrava mais nem do furor dos mercadores nem do trio alado. Apenas se espantou com as marcas que o chicote tinha deixado em sua pele e com a veneração ou o medo que se lia nos olhares dos homens.

Com solenidade, os Gêmeos de Tabriz distribuíram aos mercadores dirhames e moedas de ouro tiradas do cofre de Montefoschi. O homem não era mais aquele feiticeiro que, segundo crença deles, copulava com íncubos, mas, ao contrário, tinha se tornado quase um santo. Um milagre o tinha aureolado de prestígio. Sua prodigalidade, que ele já tinha exercido em relação a eles, afinal os confundia. Os mercadores agradeciam a ele, reverenciavam-no, prosternavam-se. Mas ele não os abençoava. Manifestava-lhes, estranhamente, uma espécie de indiferença altiva, preocupando-se apenas com as reclamações deles, pedindo a Vartan que lhes pagasse. Vartan aproveitou para adverti-lo de que o cofre estava quase vazio, que a miséria os espreitava, que o pecúlio deles dois somado não era suficiente para as despesas de uma longa viagem. Essa absurda imprevidência tornava-se inquietante. Mas ele não parecia dar importância aos avisos e às súplicas de Vartan — que, na verdade, estava impressionado, bem lá no fundo, com o desprendimento daquele homem que se mostrava diferente de seus pares e manifestava, com essas reações, um modo de ser bem respeitável. Por isso, pensando cada vez mais no prodigioso episódio das águias, o monge decidiu — depois de o ter assustado — tranqüilizá-lo, garantindo-lhe, num impulso de afeição, que a pobreza jamais o amedrontaria: melhor, ele poderia, mesmo, até mendigar.

Mas Montefoschi tinha o espírito longe e aguçava o ouvido para outras ameaças. Hovsep se reaproximava. Verdadeiramente, Hovsep a cavalo estava lá, muito próximo na planície, a uma centena de metros do acampamento devastado. Os mercadores avisados logo correram para seus garanhões e os montaram. Vejam que ele nos desafia! — gritou um deles. Não nos escapará agora aquele que enfeitiça os carneiros e quer nossa morte! Hovsep imediatamente esporeou seu cavalo e levou seus perseguidores em direção a um horizonte de brumas espessas. E os mercadores não foram os justiceiros que esperavam ser. Erraram em meio à neblina e chafurdaram em pântanos. Um deles afundou lá. Naquele visgo, que possibilidade tinham de salvá-lo? Ele pediu ajuda, depois acabou por se calar. O sol clareou enfim sobre um terreno onde pesados vapores recuavam. Para evitar morte igual à do companheiro, desistiram de continuar avançando sobre aquela extensão de água morta. Gaguejantes e transidos, voltaram ao acampamento para retomar a estrada que devia levá-los a Talocã.

XXII

Em Talocã, os panos que tinham sido salvos do furioso galope dos carneiros foram vendidos até o último centímetro. Com o dinheiro, compraram-se rubis. Depois quiseram partir, mas Montefoschi adiou por três meses a partida.

O veneziano ignorava tudo sobre a cidade. Prostrado durante longas horas, podia de repente mergulhar em acessos de furor. Às vezes, porém, dava a impressão de querer voltar a estados mais normais, mas isso era apenas ilusão. Subitamente atormentava Vartan e os gêmeos com suas exigências e abusava da fidelidade, da obediência, da solicitude deles obrigando-os a percorrer sem tréguas as ruas de uma cidade em que, isso era certo, cedo ou tarde topariam com Hovsep. Sua indomável impaciência não o enganava mais: o homem se infiltrava bem entre os desocupados. Vartan e os gêmeos julgaram tê-lo visto numa praça, um dia, no meio de um galinheiro, num outro, ou na janela de uma casa, certa vez. A todo momento acreditavam que ele cruzava seu caminho, mas, quando pensavam desconcertá-lo, ele sumia. Ora usava uma espécie de turbante, ora um chapéu de feltro cônico, ora ia de cabeça descoberta. Um dia se dizia que tinha engordado, no outro, que seus traços haviam se afinado visivelmente. Vartan e os gêmeos acabavam por duvidar que fosse ele mesmo que tinham visto. Tendo-o descoberto numa janela, forçaram a porta de uma pequena casa e se acharam num cômodo vazio.

Uma noite, Montefoschi recebeu a visita de uma sombra. Ela o desnudou, ele não resistiu às suas carícias. A sombra navegava incansavelmente sobre sua barriga e entre suas coxas. Lambia seu pescoço e seu tronco, beijava seus lábios, ronronava, virava-o na cama, deslizava a seu lado e retomava sua exploração sensual. Interrompeu subitamente aquele roçar continuado e seus abraços, escorregou para fora da cama e, dando risinhos de mofa e rapidamente, abandonou-o. Na manhã seguinte, a sombra mandou como mensageiro um menino que recitou sua mensagem a Montefoschi: ela teria novo encontro com ele dentro de um mês, exatamente no mesmo dia, na saída de Talocã, na estrada de Ixkaxem, última etapa antes do maciço de Pamir. Naquela mesma manhã, nosso homem parecia o veneziano de outros tempos, acerbo, equívoco e impiedoso, jogando com seu encanto de embaixador — um embaixador que conseguira fazer um rei aplaudir seus projetos — e esse encanto convenceu Trêmer e Jeremias de que o Pamir não lhes seria fatal se o atravessassem em fevereiro. Diante de Vartan, que outra vez se inquietava com o empobrecimento de suas finanças, assumiu um ar de quem dominava tudo, apalpando a cintura e mostrando com os olhos suas calças de montaria: elas continham o ouro que durante muito tempo evitaria a bancarrota. Por fim, entreabriu seu casaco: sobre o peito, os tijolinhos de Kublai arrumados como num broche peitoral brilhavam.

Só dezesseis homens compunham daí para a frente a caravana. Porque muitos não se curvaram à sedução de Montefoschi. Como, além disso, não auguravam nada de bom nas neves do Pamir, a sabedoria os aconselhara a deixar para mais tarde uma travessia que naquela estação só podia ser perigosa. Depois de ter concordado com a vontade do veneziano, Trêmer tinha começado a duvidar do sucesso da empresa. Mas, ainda que a desaprovasse, não se opôs a ele. Estranhamente, previa o pior e se surpreendeu a imaginar calmamente como morreria.

Hovsep foi ao encontro marcado. De um céu fechado, a chuva caía fina e compacta. Desde que percebeu a chegada dele, Montefoschi afastou as abas de seu casaco para mostrar-lhe o peitoral e convidá-lo a reviver com ele suas ambições e seus sonhos. Hovsep se mantinha à sua habitual distância da caravana. Como parecia não reagir ao convite mudo, Montefoschi bateu na garupa do cavalo que montava, para alcançá-lo. Não contava com Vartan e Jeremias, que lhe barraram o caminho. Com a chibata, Montefoschi tentou afastá-los. Começou então a briga. Escapou-lhe a chibata, ele tentou usar os punhos. Gesticulava mais do que batia. Vartan e Jeremias respondiam com duras repreensões. Jeremias deu um grito quando Montefoschi desembainhou um punhal. Levou bruscamente seu cavalo para junto do de Vartan para deixar a passagem livre ao veneziano. Mas Montefoschi não teve tempo de descer o pequeno declive que o teria levado para junto de Hovsep, porque um quarto cavaleiro aparecera. Trêmer tinha girado o corpo sobre seu cavalo e se segurava com uma das mãos na elevação traseira da sela. Com a mão que mantinha livre, conseguiu fazer com que o pé de Montefoschi escorregasse para fora do estribo, levantou a perna que ficou solta no ar e conseguiu, assim, arrancá-lo do cavalo.

Agora, o veneziano jazia na lama, mas dessa vez nenhuma águia voava em círculos pelo céu. Vozes, em torno dele, gritavam pedindo morte. Montefoschi acreditou que seria a vítima.

Foi então que ouviu Hovsep berrar de dor. Com uma flecha, um soldado o tinha atingido no ombro. Alguns segundos depois uma segunda flecha o atingia, desta vez no lado. Um persa impediu que se prosseguisse: a agonia seria longa, o que se poderia desejar de melhor do que isso?

Hovsep sobreviveu por dois dias aos ferimentos. Acompanhava sempre a caravana, mas a distância entre ela e ele aumentava. O cavalo mancava, como se estivesse sob o peso de uma carga pesada demais. Na tentativa de dar coragem ao cavalo, o ferido se inclinava de tempos em tempos até o pescoço dele e o envolvia com seus braços, como num abraço. O sangue já formava uma única mancha empapando as roupas, avermelhando um dos lados da garupa, um dos lados do peito, a crina, o alto do pescoço do belo cavalo guerreiro. A todo instante, o homem e o cavalo cambaleavam e, por fraqueza, quase caíam por terra. O cavalo resfolegava ao avançar. Então, o cavaleiro enfiou-lhe a flecha arrancada do próprio ombro. Cavalo e cavaleiro agora formavam uma massa única.

A noite teve um amargo sabor de eternidade. Hovsep aplicou sobre as feridas um emplastro de ervas maceradas. O sangue coagulou com esse remédio. Afinal, a gangrena ameaçadora declarou-se. Enquanto cuidava daquele preparado, Hovsep esqueceu a vingança que era sua obsessão desde Tabriz. Só se lembrava de Arnaud.

Depois, foi a aurora. O cavalo empacou como um pedaço de pau, recusou-se a continuar sua lenta caminhada e se ajoelhou para, em seguida, rolar de lado. Teve um estremecimento e depois enrijeceu. Um vôo de falcões em círculo desenhou-se no céu. Hovsep se lembrou do viveiro de aves, da loucura dos pássaros, da bacia, do olhar de Arnaud de repente se tornando amigo, o nascimento de uma amizade numa cidade onde os homens morriam. Nesse momento, adormeceu fixando o tímido sol, que nascia escondendo bruscamente uma miríade de asas sombrias. A vida se esgotou nele e, ao se esgotar, arrebatou a presença do amor. Garras caíram sobre seus despojos e bicos dilaceraram o que tinha sido rosto, corpo e sofrimento.

O Romance de Vartan

XXIII

Daí em diante, Montefoschi expunha claramente através de seu comportamento as duas vertentes de sua pessoa: de um lado, o falador esperto, de um cuidado totalmente prestativo, afável com seus companheiros de estrada, afeiçoado aos gêmeos, jogando de um modo eficiente com sua notável finura, supervisionando os preparativos para a travessia do Pamir; de outro, o homem recolhido à sua intimidade, nostálgico de amor, solitário e magoado, perseguido pela imagem do corpo de Hovsep vermelho de sangue, esquivando-se da caravana e dos caravaneiros para se refugiar no seu canto, numa solidão que só Vartan parecia ter o direito de quebrar.

Em Ixkaxem, redigiu um testamento em benefício de seu protegido. Uma cláusula reservava algumas ninharias mobiliárias a membros da família de Vartan, dos quais Montefoschi se lembrava vagamente, porque tinham sido amigáveis para com ele durante sua adolescência. Garantindo-lhe que o considerava como um filho, enviou-lhe o pergaminho, ao qual Vartan deu pouco interesse: era jovem, livre de qualquer desejo de posse, fora o de apoderar-se das cores do mundo. O gesto do veneziano pareceu-lhe teatral, o ato de um espírito frágil e perturbado. Mas, por uma questão de respeito ao homem, aceitou o rolo que lhe entregaram.

Montefoschi agora o queria a toda hora do dia ao seu lado e Vartan se submetia a isso. O veneziano o abraçava com familiaridade e o beijava na testa no momento de dar até-amanhã. Era ridículo, extravagante e sentimental. Vartan não tinha nenhuma dúvida de que essa afeição maçante era coisa artificial — apesar disso, poderia se mostrar por longos anos. Mas a presença do homem praticamente não lhe pesava: todos os seus pensamentos estavam voltados para o Pamir, um universo de gelo e vento. Julgava-se pronto para vencer a hostilidade de um deserto de neve, na certeza de que um espírito forte tem de aprender a enfrentar aquilo que mais teme. Ora, o que em seu pensamento mais temia era o torpor que o frio, o deserto mineral, deve criar no homem. Queria aprender a superar o entorpecimento dos sentidos, aguçar sua sensibilidade à pureza do deserto gelado. Deixou em Ixkaxem a lembrança de um rapaz jovial, vivo, devorado pela impaciência.

Os iaques se incorporaram à coluna de cavalos atarracados porém robustos e de camelos lanosos. Os viajantes tinham de ser engolidos por três casacos duplos de pele e calçar botas de pele de lobo. Com os gestos travados por uma tal superposição de roupas, era complicado subir às montarias. A partida de Ixkaxem fez-se em silêncio absoluto, porque os homens sabiam que começava para eles um tempo de provação. Entretanto, esperavam que Montefoschi soubesse guiá-los até Pequim, essa corte imperial incomparável, dizia-se. Esperavam ainda que o veneziano desse prova também da astúcia e da inteligência que tinha usado com discernimento para afastar os bandidos do caminho. Com sua disposição de vencedor, não os tinha ajudado a superar a sede e a fome? Devotavam-lhe uma grande confiança, mas era um sentimento generalizado entre eles de que a morte de Hovsep de alguma forma tinha quebrado suas forças. Em seu olhar, surpreendiam às vezes o desvario.

Coroava os picos uma espuma branca e ameaçadora; nuvens e neve se misturavam. Um mundo lunar sob um céu cor de fumaça. Quando abordaram a primeira garganta, os pássaros desapareceram. O homem se habitua pouco a pouco às camadas frágeis e à neve.

O terceiro dia notabilizou-se por um frio intensíssimo. Sangue corria do focinho dos animais e logo gelava. Os homens também estavam sujeitos a esses sangramentos que tentavam estancar envolvendo o rosto em panos. Olhando-se uns aos outros, mal se reconheciam.

Pequenas feridas escuras surgiram nos corpos dos camelos. Também sobre o pescoço, o rosto e as mãos de Trêmer. Quando aqueceu à noite as mãos ao fogo, viu-se que transudava um fluido. Ninguém sofria tanto com o frio como ele. O inverno penetrava nele e seu corpo parecia se fossilizar. Com as unhas, que tinham crescido desmesuradamente, ele arranhava freneticamente as chagas. Isso atenuava por algum tempo a sensação de congelamento. Mas todo esse gelo repentinamente pesava dentro dele e a sensação da morte já lhe parecia familiar. Jeremias, felizmente, sempre estava por perto.

A caravana atravessou dois rios largos transformados em campos de gelo. Trêmer tinha afirmado que o gelo resistiria. Não se enganara: percebia-se vagamente o rolar louco das águas sob a verdura da espessíssima extensão opaca. Desde que o frio tinha invadido Trêmer, raramente ele conversava com seu irmão. O que havia mais eram cochichos, murmúrios, risadinhas de conivência que exasperavam Montefoschi. O veneziano, afinal, observava que, entregue a esses conciliábulos em voz baixa, Jeremias desempenhava mal seu papel de guia. Tratava-se, perguntava-se ele, daquele mesmo homem seguro de quem Sa'ad al-Daula tinha gabado os méritos? Mas, então, quem seria? Calado diante da fervorosa solicitude que o rapaz dedicava a Trêmer, Montefoschi nem chegou a buscar uma resposta.

Jeremias gritava ordens contraditórias. Primeiro, elas foram recebidas com espanto, depois com desconfiança, afinal alarmaram-se com a sua incoerência. Montefoschi restabeleceu a calma entre os homens, dirigindo-os sempre no sentido do Leste, porque para lá é que era a China e cedo ou tarde o Pamir acabaria.

Os viajantes faziam todo tipo de esforço para lutar contra os elementos. A neve caía continuamente havia três dias e três noites. Em sua tenda, de noite, Montefoschi, maníaco e ausente, afiava sem necessidade o seu punhal: segundo reputação consagrada, a região era poupada pelos bandos de ladrões. Na estrada, de resto, não se cruzava jamais com viva alma. Vartan o distraía relatando-lhe os episódios da vida de Alexandre, o Grande. Então ele levantava os olhos e perguntava se a exemplo desse imperador eles chegariam sãos e salvos a terras mais clementes. E por que, Deus meu, você e os outros decidiram me seguir no inverno numa viagem que peregrinos e soldados sempre consideraram uma loucura? Vartan o tranqüilizava. A neve hoje sucede à neve, afirmava, mas amanhã é possível que ela dê lugar às pradarias. E mesmo que isso não aconteça, sei que você e eu seremos mais fortes que os ventos, mais fortes que o frio, mais fortes do que essa neve que ameaça nos enterrar a cada instante. Seremos, eu juro, o que temos de ser: dois homens que entrarão serenos em Pequim. Afinal, que é o Pamir? Um longo sonho doloroso, nada mais.

Um clarão abria-se preguiçosamente no céu. Era cedo. Montefoschi, num hábito que às vezes retomava, andava entre os animais recolhidos e os homens adormecidos. Gostava de aproveitar a aurora para inventariar calmamente os víveres e verificar se nenhuma doença tinha se manifestado à noite entre os animais. Nessa manhã, descobriu dois cavalos mortos. A essas primeiras vítimas do esgotamento ou do frio seguir-se-iam muitas outras. Sabia disso. Mas, aproximando-se, observou sangue no pescoço e na garupa de um deles. Foi então que viu sobre a neve as pegadas de um lobo. Daí em diante, além do frio e do esgotamento, seria preciso enfrentar isso. Ainda bem que na véspera Vartan o tinha enchido de esperança. Montefoschi não augurava nada de bom para o futuro. Quando advertiu os caravaneiros, os mais covardes entre eles começaram verdadeiramente a duvidar de que algum dia sairiam vivos do Pamir.

A caravana entrava por passagens tão estreitas que era necessário descarregar os fardos dos iaques e camelos. Os homens então é que tinham que carregar as cargas nas costas. Embrutecidos pelo cansaço e a falta de coragem, tinham a cabeça vazia, desprovida de toda memória — uma infância de trabalho, uma mulher amada, um negócio vantajoso concluído, um jardim e seus repuxos, rega-bofes com amigos ou disputas entre corporações. Cada um deles era um deserto.

O céu escurecia e a neve engrossava. Um intérprete e um soldado não resistiram e desabaram sobre a neve à saída de uma passagem especialmente difícil. O coração fraquejara. Não se cuidou de enterrá-los. Caminhou-se em frente, foi tudo. Voltar e comover-se era perder tempo, ainda mais que se calculava que lobos estariam muito perto. E cada dia se via um cavalo, às vezes vários, deitar no chão e morrer. Montefoschi dizia que naquele ritmo não restaria um único deles em menos de uma semana.

Um turão* desapareceu numa fenda da montanha. Certa manhã, dois mercadores não responderam à chamada: suas pegadas indicavam que eles haviam tomado o caminho de Ixkaxem. Uma miragem seria talvez a última parada daquela viagem. Montefoschi dispensava palavras reconfortantes aos que estavam muito cansados e assaltados pelo terror. Mas o vento soprava e as boas palavras vinham apenas através de nacos de pão aos desesperados.

Para os onze homens desesperados que desafiavam os elementos, o Pamir foi também a terra onde se esqueceram os ciúmes, os ressentimentos, os ódios. Aqueciam-se uns aos outros. Havia solidariedade com o companheiro de infortúnio. O grupo se alimentava da mesma carne e das mesmas frutas secas. Os rins estavam cansados com a marcha cotidiana, havia enjôos, câimbras no estômago. Cada um sentia o que um outro sentia. À noite, todos se ajudavam mutuamente para cavar a neve a faca, depois todos se amontoavam num buraco como num covil.

A neve de repente começou a cair mais fina. Mas o frio se intensificava. Como Montefoschi tinha previsto, todos os cavalos acabaram por morrer. Os lobos — Vartan os calculava em cerca de vinte — disputavam-lhes as carcaças, chegando às ve-

---

*Designação dos habitantes de Touraine (e hoje especialmente de sua capital, Tours), região definitivamente integrada ao reino da França no século XIII, por Filipe Augusto. *(N. do T.)*

zes à ousadia de rondar até os arreios que sobravam. Certa manhã, massacraram três iaques. Os homens pegaram seus arcos e flechas e se postaram na neve a menos de um metro dos lobos, formando uma barreira ridícula. Um segundo arremesso de flechas duplicou a trêmula barreira constituída pelos primeiros. Os lobos não recuaram. Por um breve instante só quebrava o silêncio o sopro enrouquecido dos arqueiros, que a reverberação da neve cegava, até que os lobos chegaram ao ponto de jogar as flechas no chão. A brincadeira demorou. Os lobos só debandaram quando uma terceira rajada de flechas cortou o ar. Enquanto ecoavam os gritos de vitória, Trêmer morria.

Deitado numa cova pouco profunda, Trêmer, pelo peso de seu corpo de gelo, afundava na neve. Voluntarioso, ele tinha tentado se erguer, mas seus membros em pouco saíam do lugar e quebravam. O antigo guia, reduzido a uma dor puramente física, não sentia mais qualquer emoção. Quando Jeremias o carregou nos braços, seu corpo era como um mármore que se fendia sob a ação do gelo. Trêmer não reconhecia mais seu amigo, seu irmão, e maldizia um inimigo que o incomodava. Morreu ao fim de seis horas de uma estranha agonia. A partir do momento em que deu seu último suspiro, o céu, a brancura do mundo, os homens e os animais, os mortos e os vivos pararam de se refletir nos olhos de Jeremias, que se entregou então a atos escandalosos. Da manga, tirou um facão com o qual extirpou de suas cavidades os globos oculares de Trêmer, depositando-os num cofrezinho de jóias. Passou então a desnudar o amigo e se vestiu com suas roupas. Enfiou na cabeça o barrete de pele e se cobriu com o casaco de pele de raposa e o casaco de lã, enrolou em seguida num improvável travesseiro as roupas velhas que restaram e o amarrou à cintura com uma corda.

Depois de ter examinado o par de botas, pareceu-lhe que era mais usado do que as suas e o desprezou. Pescoço enterrado nos ombros, parecia mais um monstro de história infantil impassível e grotesco.

O veneziano tinha proibido que se montasse nos iaques para evitar cansá-los, porque, dizia, um iaque cansado excita os lobos. Mas Jeremias desrespeitou a ordem. Para espanto dos mercadores, Montefoschi não deu importância a essa desobediência, e desculpou-se por sua indulgência confessando a Vartan que tinha piedade do rapaz: estava acima de suas forças, àquela altura, condenar quem quer que mergulhasse no desespero.

O horror sentido quando da extirpação dos olhos de Trêmer despertou nos viajantes um ódio ancestral. Lendas correntes sobre o insano povo de Jeremias, dado à crueza e à rapacidade, acreditava-se, afloraram de novo nas raras conversações entre eles.

Não houve oração, não houve sermão. Simplesmente jogou-se a neve mais fresca sobre o corpo. E retomou-se a marcha.

Os mercadores se enfileiraram atrás de Montefoschi e Vartan, tropa esfarrapada e melancólica, último vestígio de um exército.

O silêncio era o último companheiro desses homens com armadura de gelo. A neve cintilava e o céu estava cinzento. O suor molhava a roupa, depois queimava a pele, antes de dar a impressão de uma chuva fria sobre o corpo.

Entre duas cadeias de montanhas, pequenos lagos escuros apareceram, brilhantes como uma pelagem rente. Essas línguas de ébano à noite tornavam-se prateadas.

O sol era invisível. Era exclusividade da Pérsia, da Itália, do Egito, das terras de onde eles se afastavam, tentou justificar Montefoschi. Mas Vartan replicou que o sol sempre voltaria.

Nenhuma pegada nem bosta de animal, nenhuma ruína de alguma cidadezinha, nenhuma outra caravana perdida — nada além de um céu de granito, uma neve infinita e pedras altas. Seria o inferno parecido com essa paisagem? O antro vermelho de chamas representado nas pinturas e descrito nos textos sagrados não seria uma fábula? Eis as questões que os homens se punham. Mas que deus ou que diabo poderia reinar nesses planaltos e nessas muralhas? Talvez se tivesse chegado a um inferno desconhecido onde nem passado nem futuro tinham sentido. Seria uma maldição viver nesse presente de vento e de rochas. E não havia estrada.

Dois soldados de Hetum desmaiaram e a morte os colheu nesse estado de inconsciência. Aos dezenove dias de marcha, a caravana não contava mais do que com oito sobreviventes, oito autômatos que as hemorragias enfraqueciam. E, às noites, não lhes restava mais do que um fogo miúdo para aquecimento, porque já faltava madeira seca. Quanto mais o frio atormentava esses homens, mais era visível seu esgotamento, mais o desespero os dominava e mais Vartan aceitava com uma alegria profunda essa travessia do Pamir. A loucura de Montefoschi o tinha levado lá onde tinha de ser, lá onde ele aprendia a não se abandonar ao abatimento, ao medo, à insensibilidade, lá onde ele se transformava num outro.

Um mercador, que se tinha refugiado à noite numa gruta, foi devorado pelos ratos: Vartan se comoveu com morte tão atroz, mas ao mesmo tempo se alegrou com o fato de que prosperava uma fauna naqueles picos que julgava virgens de toda presença animal, desde que os lobos, havia muitos dias, não seguiam mais a caravana. Seriam os ratos os únicos habitantes daquela parte do Pamir? Vartan perscrutou os rochedos e os precipícios para lá descobrir um urso ou um abutre. Mas era o único a alimentar essa esperança. Quanto a Montefoschi, aspirava pela primeira vez na vida a um futuro sedentário, entre o caldeirão, a cama e o gado. Era isso que o incentivava a prosseguir, a crer, como Vartan, que era possível escapar da desumana esterilidade do Pamir, de suas geleiras, de suas monstruosas ruínas geológicas, e da implacável permanência de seu silêncio.

Uma tarde, o céu azulou-se timidamente e o sol brilhou. Quase fez calor. Mas essa mudança não era suficiente para aliviar os homens de seus males. Uma vertigem derrubava os mais fracos que se punham a girar sobre si mesmos e acabavam por cair bruscamente ao chão.

Vartan encurtava voluntariamente suas noites para esperar o dia e ser o primeiro a adivinhar a luz da madrugada e ver o esplendor de uma paisagem na qual reverberava uma brancura que os ventos limpavam. Em algumas manhãs, Montefoschi, emergindo de um sono profundo, falava de carneiro ensopado e de enguias bem-preparadas. Vartan caçoava desses desejos dele. Acho, ironizava, que hoje nos contentaremos com frutas secas e um pouco de gelo como guarnição.

Juntos, deixavam seu nicho de neve, juntos enterravam a cara nos pêlos de um iaque. Com a fronte, mergulhavam nos pêlos até sentir o calor animal. Ficavam alguns minutos assim, felizes. Mas até quando haveria iaques? A cada nova manhã havia a desagradável surpresa de encontrar um deles morto.

Como os animais, Montefoschi aspirava o vento, ouvia o atrito da neve na ventania, calculava os perigos e avaliava as possibilidades de fugir deles. Único guia da caravana desde que Jeremias parecia, sem Trêmer a seu lado, o pior dos ignorantes, ele temia uma primavera que provocasse a avalanche. Mas conduzia seu mundo com a confiança de um tropeiro de burros num caminho de Castela ou de Anjou.

Jeremias passeava seu olhar parado de imbecil de seu cofrinho de jóias para suas luvas e para as ravinas. Ao menor desvio de seu iaque, ele como que gania, agarrando-se à pelagem do animal. A cada um de seus movimentos, um pedaço de pano escapava do travesseiro amarrado à sua cintura. Se acontecia de um casaco escorregar de seu ombro, não se dava o trabalho de catá-lo. Assim, perdia pouco a pouco a exterioridade de monstro de história infantil e quem o observasse descobriria sua magreza. Imundo, a cabeleira desgrenhada de uma Górgona, os lábios escurecidos por um sangue coagulado, era o irmão de Hovsep, nos tempos em que o armênio percorria as campinas da Cilícia.

A morte de seu iaque, certa manhã, tirou-o de sua apatia. O rapaz agarrou sua montaria maciça pelos chifres e sacudiu o animal com violência. Famélico e de cara séria, agarrava-se àqueles chifres como um marinheiro em plena tempestade se agarra à barra de seu leme. O pescoço do iaque deu um ligeiro estalido. Jeremias deixou seu timão e a pesada cabeça bovina oscilou para a frente. Aí ele acariciou a testa lanuda e o felicitou, como o palafreneiro saúda o cavalo depois de uma corrida vitoriosa. Sob a massa inerte do animal escorriam urina e merda. O bicho se livrara de toda pestilência antes de se resumir a alguns ossos polidos pela geada. Jeremias abriu o cofrezinho: os globos oculares, graças à temperatura, tinham conservado sua maciez de polpa, mantinham-se redondinhos, com o frescor de uma flor que se abre. Os olhos de Trêmer, aquelas duas jóias perecíveis, o fascinavam. Ele os tirou do cofrinho, rolou-os entre os dedos, levou-os à boca e os comeu.

Era um fim de tarde e Montefoschi anunciou que em quatro dias terminaria a travessia do Pamir. Naquela mesma noite Jeremias juntou-se a ele em seu buraco acolchoado de neve, esforçando-se para vencer uma timidez que vinha do fundo de sua infância. Montefoschi grunhiu que não havia lugar para três na sua toca. Ele e Vartan já eram demais naquele buraco tão apertado para acolher mais alguém, ainda que se tratasse do mais magro do grupo. Jeremias insistiu. Apesar dos protestos, enfiou-se entre o monge e o veneziano. Ao ouvido de Montefoschi, falou por muito tempo. Sou filho de rabino, começou. Um rabino que tinha sido amigo íntimo de Sa'ad al-Daula. Quando dos serões na casa de um ou de outro, ou por ocasião dos ofícios religiosos na sinagoga de Tabriz, Sa'ad al-Daula mostrou-se interessado naquele menino de dezesseis anos, discreto e distante, que era Jeremias. A ambição que o levara a um posto junto do trono de Argun ele acreditou ver igualmente naquele ar de querer dominar a multidão, seus pares e os reis que aquele adolescente dava a impressão de ter. Assim, encheu-o de presentes e o levou ao palácio do ilkhan. Eis que ele se apaixonou por um filho do rabino. Mas, às gentilezas do rabino, Jeremias respondia com uma reserva que o chocava. Entretanto, Sa'ad al-Daula se obstinava em agradá-lo com presentes sem fim. Escolheu-o, afinal, para seu confidente e conselheiro. As duas funções, o rapaz as exerceu à frágil luz das velas que iluminava a alcova, porque o ministro de Argun não o autorizava ainda a se pavonear em sua companhia pelos corredores e salas da residência do príncipe mongol. Na verdade, ele esperava para apresentá-lo ao ilkhan só quando Jeremias estivesse preparado e, uma vez que desse modo é que o via Sa'ad al-Daula, pronto para demonstrar sem timidez, mas com diplomacia, diante de Argun as possibilidades de sua inteligência e seu talento para frustrar os complôs. Até ali, o ministro se contentava em observar seu protegido, que, a seus olhos, reencarnava sua própria juventude. Debaixo de uma ingenuidade que ele julgava de fachada, Sa'ad acreditava detectar em Jeremias um desejo de glória — o mesmo que ele próprio tinha tido em sua adolescência. Na intimidade, confiava-lhe intrigas e o interrogava sobre os modos em que pensava para desfazê-las. O rapaz tinha às vezes sábias sugestões, sem entretanto abrir mão de sua altiva ironia. Pouco a pouco mostrava-se rebelde, não queria ficar ouvindo um poderoso a se queixar de seus espiões e de seus auxiliares próximos, a despedir a onda de solicitadores que batiam à sua porta. Sa'ad al-Daula castigou-o por sua indocilidade e sua falta de atenção dando-lhe sonoras bofetadas. O que não melhorou em nada as relações entre os dois. Jeremias teimava em recusar-se a responder às perguntas de seu protetor, sonhava apenas em reencontrar a paz da casa paterna, em se afastar de um palácio onde tudo o aborrecia, tudo o desgostava.

Fora do encontro cotidiano com Sa'ad, Jeremias tinha seu tempo livre. Passeava observando as cavalariças ou a falcoaria, flanava, também, pelas ruas vizinhas da residência do khan. Lá é que encontrou Trêmer. Uma amizade sem equívocos nasceu logo entre eles. Trêmer lhe contou que era guia, e tão famoso em sua profissão que Joram, o banqueiro, o contratava freqüentemente para conduzir alguns de seus amigos — caravaneiros afortunados — para Leste ou para o Norte. Joram era um dos homens mais ricos de Tabriz, o que o autorizava a pensar que sua fortuna o predestinava a desempenhar um papel importante junto de Argun. Mas até aquele momento nenhuma distinção lhe tinha sido concedida pelo ilkhan. Joram sabia a razão disso: Sa'ad al-Daula não era homem de repartir seu poder com quem quer que fosse e o desconsiderava permanentemente para Argun. Só uma solução surgia aos olhos de Joram para que obtivesse as honras e o cargo a que aspirava: era provocar não importa por que meio a queda de seu inimigo. Trabalhava para isso intrigando, espalhando pelo povo as piores acusações contra Sa'ad al-Daula, cujo assassinato tramava. Foi quando apareceu Jeremias, de quem Trêmer tinha falado a Joram. De resto, Trêmer apoiava Joram, pois achava insuportáveis a arrogância e a vaidade do ministro. Preferia a jovialidade e a truculência daquele que chamava de seu senhor.

Ocorre que Sa'ad al-Daula tinha a soldo seu bom número de espiões. Foram eles que descobriram a conspiração. O nome de Trêmer foi citado entre os conjurados. Seus encontros diários com Jeremias tornaram também seu amigo suspeito. Um negociante de cavalos, lavadeiras e um peleteiro testemunharam, denunciando que tinham ouvido os dois amigos dizendo que desejavam o fim do reinado do ministro. O negociante de cavalos acrescentou que Jeremias se alegrava com a idéia de ver um dia seu benfeitor apodrecer na prisão. Sofrer essa zombaria e ter estado a ponto de ser traído por um rapaz que ele desejava modelar à sua imagem foi para Sa'ad al-Daula um crime de lesa-majestade. Jeremias o tinha decepcionado irremediavelmente. E pactuar com pessoas que intrigavam sem prudência foi a gota d'água que a seus olhos o tornou definitivamente irresponsável, volúvel e, mais que tudo, estúpido.

As histórias e as verdades que Joram tinha espalhado sobre Sa'ad al-Daula produziram seus frutos. Os habitantes de Tabriz manifestavam agora alto e bom som seu ódio pelo ministro. Quanto esbanjamento! Quantos favores concedidos ao primeiro ambicioso que se apresentasse! Diante de tal hostilidade, Sa'ad julgou mais prudente não mandar prender Joram, que assim estaria arriscado a ser visto como um mártir. Mas era preciso satisfazer a sede de vingança que o roía: como agir para não ser logo apontado como autor do crime? Um veneno de efeito lento lhe parecia a melhor coisa. Sa'ad conseguiu infiltrar como empregado em casa do banqueiro um de seus agentes que, poucos dias depois, serviu a Joram um vinho mortal. Os acólitos do banqueiro apodreceram numa masmorra antes de serem estrangulados. Trêmer e Jeremias tiveram mais sorte. Sa'ad al-Daula se mostrou magnânimo para com eles e os condenou apenas ao exílio. Recebeu Trêmer secretamente e o fez jurar que jamais voltaria para a Pérsia. Fez também com que ele se comprometesse que daquele momento em diante não teria mais amor à vida, expondo-se ao perigo. A seguir o ofereceu, assim como Jeremias, para ser guia de Montefoschi. Tinha certeza de que cedo ou tarde o veneziano descobriria a inexperiência de seu favorito e o despediria, obrigando-o a levar uma existência de mendigo. Na véspera da partida da caravana, os dois proscritos prometeram ajudar-se mutuamente e serem mais unidos ainda do que no passado. Nas estradas, Trêmer instruía seu amigo, avisando-o de que iriam enfrentar um desfiladeiro, uma sucessão de escarpas, de ravinas, coisas assim, a fim de manter o veneziano iludido quanto a sua condição de guia.

Mas Trêmer está morto, murmurou Jeremias, e eu não lhe tenho mais nenhuma utilidade. Montefoschi aconselhou-o a dormir. Durante a noite, uma embolia matou o jovem Jeremias.

Os viajantes não tinham mais força para transportar seus magros fardos. A cada etapa, eliminavam um pouco mais de carga. Nos trapos que vestiam ainda se podia ver brilhar uma lâmina ou adivinhar algum ouro costurado num forro que criava uma prega no casaco. Esses homens pareciam fugitivos aparvalhados. O sol dardejava e a neve se pulverizava. Em determinado local, o gelo se rompeu à passagem de um persa, que caiu no vazio. Seu corpo bateu várias vezes contra as pontas da pedreira e um longo grito acompanhou o eco de sua queda. As pessoas se inclinaram sobre o abismo para ver apenas uma escuridão azulada na qual o grito de repente se interrompeu. Um caravaneiro originário de Bagdá continuou de pé à beira da abertura da rocha. Recusou-se a prosseguir viagem e, sem tentar convencê-lo a retomar a interminável marcha, deixaram-no lá. O último sobrevivente dos soldados de Hetum cavou num fim de tarde um buraco profundo na neve, lá se deitou e não levantou mais.

Restavam dois mercadores vivos. Um era de Tabriz, o outro nascido em Carcassonne.* Na capital persa tinham tido uma briga e desde então eram inimigos. Mas sob a brancura que cegava, do Pamir, reconciliaram-se sem uma palavra. Repartiam as últimas frutas secas e à noite se aproximavam para aproveitar o calor dos corpos. De dia, avançavam tropeçando ou pulando de um lado para o outro, como o cervo perseguido por uma matilha de cães de caça.

A travessia do Pamir terminou numa das primeiras manhãs de março. Os penhascos eram mais suaves e montanhas mais baixas debruçavam-se sobre os planaltos. As planícies, sem dúvida, estariam próximas. Era, aliás, o que anunciavam algumas tropas de cabras selvagens.

Uma primavera espantosamente precoce surgiu de repente e causou enorme desordem em toda a natureza. A chuva sucedeu à neve. Riachos carregavam os estilhaços de sua capa de gelo. O impulso irresistível das águas orquestrava um tumulto. Quatro homens agora chafurdavam na lama. Uma permanente umidade enferrujava os joelhos. De tempos em tempos, Vartan

*Cidade do sul da França, definitivamente incorporada ao país no reinado de São Luís, em 1247. *(N. do T.)*

se açoitava com um pedaço de pano para ativar o sangue e assim manter sua capacidade de observação.

Os víveres estavam esgotados. Quatro homens sonhavam com um grande fogo brilhante, lambiam os dedos e a palma das mãos como se estivessem se alimentando. Como mijavam e cagavam ali mesmo, empestavam de fedor o pequeno espaço em que se amontoavam à noite. Por terem lambido um lodo gorduroso como se fosse o almoço, o persa e o carcassonês incharam como sanguessugas: sobre uma relva rala enegrecida pelo gelo, rebentaram-se em espasmos até a morte.

Montefoschi relembrava os últimos instantes de Jeremias e de Trêmer, dos persas, dos francos e dos armênios. Mortificava-se por ter arrastado, de modo tão irresponsável, caravaneiros e soldados, guias e intérpretes, a uma região onde a morte se entrelaçava com o cotidiano. Ao contrário dele, Vartan já esquecia os mortos e a tortura do inverno. Mantinha o rosto voltado para o país dos seres, fixando os olhos onde se uniam o azul do céu e a brancura de uma ondulação de terreno. Foi o primeiro a vislumbrar uma aldeia ao longe.

Os camponeses do lugar não se entenderam diante daqueles dois seres espantados. Mas não fugiram. Primeiro imaginaram que eram fantasmas descidos do Pamir. Um velho bem-humorado acalmou a multidão: os fantamas jamais exalam um fedor tão atroz, e falam a língua da comunidade que visitam, ou têm a voz do vento e da chuva.

Montefoschi e Vartan pediram um odre de água pura e alguma comida. Nunca tinham tido a tal ponto a sensação de estrangeiros e também nunca tiveram tanta certeza de estar em segurança. O pessoal ria da sonoridade bárbara das palavras que os dois falavam, e ambos, como não eram compreendidos, se expressavam por gestos. Mas Montefoschi teimava em pronunciar palavras selvagens, as palavras do inferno, as únicas em condições de exprimir o ordálio, a terrível prova pela qual tinham passado, de frio e de caminhos perdidos. Uma mulher tocou sua fronte, seus olhos e boca. Observou depois as palmas de suas mãos, nas quais viu que se desenhavam entre as calosidades o Pamir e a goela de um lobo. Teve um olhar de estupefação. A seus parentes, disse que aqueles fantasmas vinham do túmulo dos extraviados. Tocou mais uma vez a fronte, os olhos e a boca do homem e dessa vez sorriu. Depois se interessou por Vartan, apalpou-o e na cavidade de suas mãos viu a imensidão hostil das planícies do Norte. Uma sombra substituiu seu sorriso. Ela voltou a Montefoschi e desnudou-lhe o peito sobre o qual brilhavam os tijolinhos de ouro de Kublai. Quem é você? — perguntou ela.

XXIV

Montefoschi e Vartan, a fim de recuperar suas forças, ficaram um mês naquela aldeia, até a chegada, numa primavera de infinita suavidade, de uma caravana cujo destino era Dunhuang, e a ela se juntaram. Isso lhes foi duplamente providencial. Em primeiro lugar, porque permitiu que continuassem sem medo a viagem e, principalmente, por fugir de um lugar que poderia ter sido seu túmulo.

Nas três primeiras semanas de sua temporada, eles tinham sido um objeto de curiosidade para o povo da aldeia. Talvez aquela gente tenha tido piedade deles por acreditar que os dois eram mais despossuídos do que eles. Mas quando Montefoschi propôs topázios e rubis — que tinham sido guardados em sua cintura — em troca de roupas novas, de provisões de alimentos, de cavalos, de armas, tudo isso para preparar sua partida, a população mudou de pensamento a respeito deles. Um sentimento de inveja passou a dominar então aquela gente simples, pobre diante do estrangeiro, e o povo rude começou a entrever que sem dúvida teria muito a ganhar com aqueles dois. Assim, passou-se a adiar cada dia para o dia seguinte o preço que deviam fixar pelos mercadores quando viessem a ser procurados. Esse adiamento permanente assustou Montefoschi, que compreendeu a sorte que lhes estava reservada.

Ele e Vartan descobriram que, à noite, rapazes estavam vigiando a casa em que eram mantidos. E, durante o dia, esses mesmos rapazes os acompanhavam em seus passeios. Por que, perguntava-se Montefoschi, ainda não nos mataram? Que sentido faz tudo isso? Talvez eles se divirtam nos aterrorizando, supôs Vartan. Quando se cansarem de nos amedrontar, não hesitarão em nos cortar a goela. Então, no minúsculo cômodo que lhes servia de quarto, Montefoschi ensinou ao monge a maneira de andar como uma fera, a maneira de surpreender uma sentinela e como enfiar-lhe uma lâmina precisamente no coração no mais perfeito silêncio, porque era preciso pensar seriamente em sair daquela armadilha. Na noite seguinte, agiremos, decidiu ele. Mas não precisaram golpear os guardas. Quando acordaram, de manhã, uma caravana estacionava na aldeia e ninguém, para surpresa deles, os impediu de abordar os viajantes, que concordaram em levá-los até Dunhuang. No momento da partida, dois adolescentes lhes levaram cavalos, roupas, provisões e um patriarca embolsou topázios e rubis.

XXV

Nas proximidades de Kaxgar, um dos guias traçou um retrato pouco lisonjeiro das populações que iriam encontrar. Descrevia-as como impregnadas de um incorrigível fatalismo, aceitando as invasões sem ira e sem raiva, aceitando o sangue que corria, o desprezo em que eram tidas pelos conquistadores. Usou um tom de tal forma impositivo que Vartan quase ficou convencido de que existiam seres desprovidos do menor sentimento de revolta, escravos pela alma, que impressionavam os representantes, neste mundo, do espírito de guerra e do furor destrutivo por chegarem até a submissão absoluta. Uma dúvida, porém, lhe ficara, quanto às afirmações daquele guia. Achava necessário verificar tudo aquilo, porque como miniaturista, habituado a interpretar as mais ínfimas nuanças de um olhar ou a ambigüidade de um gesto, era inevitável que acabasse por levantar dúvidas quanto à idéia de que um homem pode manter o mesmo comportamento de sempre ao expor sua vida diante da violência. Então, examinou com atenção os camponeses e os aldeões que pôde ter a seu lado. Suas conclusões em grande parte se opunham ao que dissera o guia. Tinha visto a cólera nos olhos de uma mulher e um desejo de matar nos de um rapaz. Viu a multidão ardente de ódio à passagem de cavaleiros mongóis. Se lhe fosse dado voltar àquela região um dia, achava que poderia apreciar o espetáculo de cabeças cortadas, mas as dos soldados de Kublai. Estranhamente, esse pensamento o tranqüilizou. Provava que nada é eterno, nem os impérios nem os medos, e que à semelhança daquelas populações aparentemente passivas, o monge de Sguevra poderia vir a ser um homem que toma nas mãos o seu destino.

Em Kaxgar, a visão de limoeiros, de acácias, de choupos e de plátanos o alegrou. Desde a infância, amava os pomares e bosques por tê-los contemplado demoradamente na propriedade de seu pai. A felicidade de passear à sombra das árvores era o oposto do que acontecia nas extensões de neve, assim como nas extensões pedregosas ou de areia. Entrava nos jardins, na adolescência, para lá roubar uma fruta. Fugiu muitas vezes de surras de empregados furiosos com sua audácia. Mas no último dia que passou em sua cidade conheceu também uma experiência que o encantou. Quando colhia uvas, um homem o interpelou, sem ameaçá-lo com porretes nem soltar-lhe os cães. Ao contrário, falou sobre o roubo e a hospitalidade. Depois o convidou para uma refeição em sua casa. Era um nestoriano. Da Cilícia à Pérsia, os nestorianos tinham má reputação. Eram acusados de cúpidos, da prática da simonia, de ignorantes, mentirosos e polígamos. Narasai não correspondia em nada a essa definição. Revelou-se cortês, falador, generoso, enchendo Vartan de bolinhos secos com canela e sonhos com mel. E enquanto nosso monge devorava doce por doce, murmurava versículos em língua siríaca* ou contava sem parar pequenos casos sobre a cidade e seus habitantes. Tinha o verbo brilhante e uma fé profundamente enraizada. No momento do adeus,

*Língua antiga dos sírios, ainda usada na liturgia de certas igrejas cristãs na Síria. *(N. do T.)*

apertou Vartan contra o peito e desejou-lhe longa vida. Vartan lembrou-se desse episódio como que a confirmar que nenhum homem — nestoriano, persa ou mongol — corresponde às definições padronizadas através dos séculos.

Os camelos caminhavam lentamente. Grãos de areia grudados formavam uma concha de quartzo cortante que lhes furava os cascos. Os cameleiros afirmavam que esses pequenos aglomerados atravessavam o casco, furavam a carne e penetravam nas veias. O sangue os carregava até o coração, ao qual aderiam. O animal a cujo coração aquela areia chegava agonizava por dias e dias. No deserto de Taklamakã, os animais, como os homens, tinham o olhar aflito. Vartan percebeu a tristeza dos iaques e a morte entre suas pálpebras.

O deserto eram dunas, amplidões instáveis de areia e de florestas petrificadas, sucessivamente. Havia dois dias não soprava um ventinho, fraco que fosse. Montefoschi execrava esse braseiro e o deus desconhecido que o criara. Poderia o deus dos cristãos inventar uma terra tão hostil à vida? Mas todos os deuses são amigos do fogo e da morte, tinha dito não fazia muito Arnaud de Roanne. Aprendamos a ignorá-los e recusemos o temor ao fogo e à morte. Desde que tinha iniciado a travessia de Taklamakã, essas reflexões e muitas outras do médico ocupavam sem cessar o espírito do veneziano. Eram a medida, já se vê, da sabedoria ou da impudência. Assim foi que se desenhou nele o retrato do que teria sido o verdadeiro Arnaud. Lá estava um homem ímpio, íntegro e sensual. Em duas palavras, um homem escandaloso e fascinante. Montefoschi dizia para si mesmo: alguém que, no Ocidente, seria suspeito de heresia e condenado à fogueira. Era-lhe forçoso, afinal, reconhecer-lhe a inteligência, a liberdade de seu pensamento e a ironia às vezes dolorosa com a qual interpretava e avaliava o mundo. Como conseqüência, acabou por aceitar que aquele homem fora do comum tivesse sido amado por Hovsep. Como poderia, pensou, eu que acalentei ilusões, lutar contra ele? Os dados tinham sido jogados no próprio dia do encontro dos dois. Como não consegui compreender isso? Como pude me perder de ciúmes? Como posso compensar isso agora? Foi nesse momento que Montefoschi concebeu, num segundo, a idéia de um livro no qual Arnaud de Roanne teria seu lugar — o melhor.

No fim da tarde do quarto dia de marcha, Montefoschi, rolando de uma duna abaixo, esmagou seu alforje sob o peso do próprio corpo. Dos vidros quebrados subiram perfumes de âmbar e jasmim. Também se quebrou o pequeno frasco de óleo consagrado. Vartan garantiu que em Iarkand haveria boticários famosos que tivessem entre seus materiais algum óleo gordo e claro e que ele, Vartan, o benzeria. Montefoschi riu, zombeteiro. Havia muito tempo que aquele óleo não era mais o que lhe tinha dado o papa. No Pamir, ele o bebera até a última gota.

A partir do sexto dia de marcha, os oásis afinal se tornaram apenas miragens. Um bosque de árvores surgiu. No crepúsculo, cumes de choupos apareceram em linha, de um cinza azulado. A noite se enchia de cânticos e de um murmúrio de conversas. Passou-se por cidades. Dormiu-se em Iarkand, em Hotã, em Iutiã. Nelas encontraram-se mulheres e rapazes que convidavam ao prazer. Então, nos encontros amorosos, tudo ficava esquecido: as cidades semi-enterradas na areia, os homens que se tinham afundado, as fontes de água amarga, as rochas negras como mãos erguidas para a abóbada celeste, tudo.

Em Iutiã, muitas caravanas estacionaram na mesma noite. Os caravançarás ficaram abarrotados. Os pequenos quartos às vezes tinham de ser repartidos entre seis, sete ou mais homens, muitos tinham de se amontoar nas grandes salas. Todos os cômodos ficaram com um cheiro de cânfora, de suor, de urina. Arrasado de cansaço, Vartan deixou-se cair sobre uma esteira. Apagaram-se as velas. Pouco depois, porque sentia mãos apalpando sua cintura, sua barriga e suas coxas, Vartan emergiu de seus sonhos. Acreditou primeiro que tentavam roubá-lo. Mas mentia para si mesmo e o sabia. Segurou a respiração. As mãos não buscavam ouro. Elas acariciavam. Vartan as empurrou, permitindo que um corpo se apertasse contra o seu. Uma boca beijou sua boca. Ele gemeu e uma mão o amordaçou. Seus dedos, por sua vez, acariciaram e arrancaram roupas. Na palma de sua mão, pela primeira vez recolheu um sêmen que não era o seu. O corpo que estava por cima do seu o abandonou de repente e se fundiu na penumbra. As horas que separavam aquele momento do nascer do dia pareceram longas a Vartan. Ele cochilou. Às primeiras horas da manhã, percebeu que a nudez de sua barriga estava exposta aos olhares. Tremia de frio, de vergonha e de medo. Mas já ansiava pela volta da noite. Deus tinha para ele menos presença do que o mais insignificante dos homens, porque o mais insignificante dos homens ao pôr-do-sol pode se revelar um maravilhoso amante. À luz que banhava Iutiã, viu-se a invocar a volta das trevas, propiciadora de encontros.

Naquele dia, no pátio do caravançará, um mercador seldjúquida puxou briga com Vartan. De modo áspero e desdenhoso, afirmou que na China ele se tornaria um garoto de prazeres de um príncipe mongol. Vartan reagiu a socos e a briga correu solta diante de Montefoschi e quatro persas. Vartan e o seldjúquida lutaram por muito tempo na poeira. Rodavam um em volta do outro e às vezes um soco atingia um nariz, a cara, um ombro. O sangue corria pelo rosto de ambos. Num furor concentrado, eles se mediam e se insultavam. Curiosos se juntaram aos poucos espectadores. Fizeram-se apostas. Durante a briga, que se prolongava, o corpo de Vartan sofreu uma efêmera e espantosa metamorfose: num instante tornou-se rígido, resistente e pesado como granito. Como Trêmer na semana que precedeu sua morte, Vartan se mineralizava. Mas essa alteração, em vez de anunciar seu fim, dava ao monge a potência física que causaria inveja ao pior dos brutamontes. O seldjúquida se dobrava, dominado por braços e pernas de rocha. Seus joelhos logo tocaram o chão, depois foram o peito e a fronte. O público que tinha apostado em Vartan manifestou aos gritos sua vitória. Logicamente, a vitória deveria exaltar o ganhador tanto ou mais do que seus partidários. Não foi assim. Vartan se calava. Dessa vitória não lhe adveio satisfação alguma, nenhuma alegria. O vencedor olhava fixamente o seldjúquida e a visão daquele homem prostrado sobre a terra o humilhava. Vartan tomava consciência de que lhe causavam repugnância as brigas e as guerras e que não há justificativa para o prazer de vencer. No instante em que esse pensamento se enraizou nele, seus membros perderam as propriedades da pedra. Um deus, sem dúvida, tinha realizado a metamorfose para anulá-la depois, uma vez que o beneficiário tinha aprendido o ensinamento. Estaria essa experiência entre as que provam que o Crucificado está vivo em nós? — pensou Vartan. Talvez, sim, talvez.

E ajudou o seldjúquida a se levantar.

Ruídos de panos que se esfregam vinham das salas do caravançará. Era a segunda noite que Vartan passava em Iutiã. Sua espera do desconhecido foi frustrada. Ele se masturbou e lambeu o sêmen que ficou nos dedos. Naquela noite, não se contentava mais com o prazer solitário. Saiu para o pátio, mas também lá tudo parecia mergulhado no sono. Mas pode-se fingir, pode-se entreabrir os olhos à passagem de um passante, pode-se esboçar o sorriso que convida ao contato. Então Vartan se debruçou sobre cada um dos que dormiam, espreitou o estremecimento que revelaria a espera do amante. Cada ronco dissipava um pouco de sua esperança. Foi quando ele decidiu aventurar-se pelas ruas.

Um vento áspero cortava a cidade. Uma pesada poeira batia nos muros. Até o raiar do dia, Vartan errou pelas ruas de Iutiã. Ao amanhecer, cruzou com um garoto que o levou através de um jardim onde, sem uma palavra, o ato sexual se consumou.

XXVI

A caravana ficou estacionada cinco dias em Iutiã.

Retomou a estrada sob uma poeira vermelha que grudava nas roupas. Um pó cor de sangue ficava nas dobras. Estava-se no centro do Tarim. O junquilho branco e o lírio-de-caxemira floresciam. Entre as pedras cresciam espigas cheirosas. Os nevoeiros eram amarelos como o enxofre, tépidos, deletérios, e se transformavam num rio aéreo e milenar. Nunca houve alguém que os visse se dissipar. Esse nevoeiro tinha engolido caravanas inteiras, exércitos que levavam um butim de guerra, rebanhos e seus pastores. Em Hotã, um monge tinha dito a Vartan que o Tarim era a única região do mundo que não podia ser pintada. Como representar aquela massa esponjosa? Os artistas nunca tinham conseguido reproduzir no pergaminho mais do que uma mancha amarelada. Mas, em meio a essas brumas espessas, Vartan desejava pintar o impossível, e imediatamente. Foi como que um desafio que ele não pôde conter. Em viagem, manejar o pincel é no mínimo difícil, para não dizer impossível. Vartan entregou-se à detestável experiência. A cada movimento de seu camelo, o cálamo respingava de preto ou de amarelo o pergaminho, e as cores estrelavam de manchas o guarda-pó do pintor e o pescoço do animal. Os caravaneiros riam à socapa. Já viu alguém tão imbecil? — diziam uns aos outros. E como, nos caravançarás, concentrar-se numa obra é um prodígio, por causa do rebuliço e do vaivém incessante, aborrecido, e mesmo mortificado, Vartan julgou de bom alvitre renunciar à empresa até Pequim, onde, tinha esperança, as condições seriam mais favoráveis para voltar a se familiarizar com sua arte. Até no antigo oásis de Niia, onde havia a calma dos lugares que estão a pique de serem reconquistados pelas areias, tinha brigado com seus pincéis.

O oásis de Niia, ativo sob a dinastia dos Han, tinha sido progressivamente abandonado. Não lhe restavam mais do que poucas ruínas, montes de terra, árvores raquíticas. Pisando a morna extensão desértica pontuada aqui e ali por vagos traços de um muro, Vartan achou um pente de cabo de marfim desgastado pelo vento, de dentes desbeiçados. Como aqueles elegantes de Tabriz que se eternizavam em sua toalete, passou longo tempo desembaraçando seus cabelos. Mergulhado em sua ocupação, sonhava com um rapaz que tinha visto, em Tabriz, ainda, dançar no fundo de uma sala do caravançará e que ele tinha invejado. Para parecer-se com aquele efebo que evoluía em sua dança diante de uma sociedade exclusivamente masculina, pintou de vermelho seus lábios e as unhas dos pés com o pigmento carmim que usava para avermelhar os panos que revestiam os santos e os dignitários. Assim maquiado, dançou num jardim petrificado para uma invisível assistência a dança lenta e voluptuosa da sedução. Dançava entre as árvores de um branco de alvaiade, de galhos retorcidos sob um céu cor-de-rosa. Descansou depois perto de choupos que se desfaziam suavemente como teias de aranha e cujos troncos rangiam como mastros de veleiros em alto-mar. Sentou-se sobre um tronco caído e foi durante uma hora ou duas o ídolo imóvel de um oásis que parecia esquecido pelo mundo. Sonhava com o dia em que fosse visto num pasto, em uma taverna, não importa aonde, dançando diante de vaqueiros, ou de bebedores de bebidas fortes, uma multidão, a dança do desejo.

XXVII

Em Quiemo, Montefoschi e Vartan entraram numa cidade que era só alegria. Com os habitantes, tentaram muitas vezes e sempre sem sucesso saber a causa daquilo. Às perguntas que fizeram, receberam respostas incoerentes. Falavam-lhes de uma inverossímil planta que matava, de crianças insatisfeitas que tinham salvo a cidade contrariando velhos céticos. O resto da caravana não teve melhor sorte, também ouviu discursos estranhos. Já ninguém mais tinha esperança de saber o que se passava, quando Vartan abordou um transportador de cargas que levava um fardo nauseabundo do que parecia ser um monte de ervas gosmentas. O homem dignou-se a esclarecer a razão daquela alegria que inflamava a cidade.

Crianças, começou ele, que todo dia tomavam banho de rio, tinham observado, havia cinco dias, que uma vegetação aquática que até então desconheciam proliferava perto das margens. Tratava-se de uma alga que se enrolava nas pernas, na cintura e no tronco, e as crianças não se livravam delas facilmente. Decidiram avisar os sábios de Quiemo, mas eles se contentaram em dar palmadinhas na cabeça das crianças e a sorrir. Já tendo ouvido mil tolices da boca daquelas crianças, mandaram-nas de volta a suas casas. De qualquer maneira, a verdade das coisas e a observação da natureza eram assunto de adulto. As crianças voltaram ao rio, onde perceberam que na sua ausência as algas tinham estendido seu domínio até o meio das águas e formavam agora uma espécie de floresta virgem. Estavam mais velozes do que cavalos loucos, do que Pégaso ou os cavalos do Profeta, e era difícil escapar daqueles milhares de hastes sinuosas. As crianças voltaram aos sábios para lhes descrever aquela hidra nascida do rio. Os sábios afinal se tocaram com a história e descobriram que o verde cristalino da planta tinha escurecido e soltava um cheiro de matéria fecal. Um dos sábios jogou aquela podridão às galinhas, que a desprezaram. As crianças levaram três chicotadas. Mas a punição não lhes tirou a coragem de ir novamente ao rio, cuja superfície agora era cor de esmeralda. A hidra tinha chegado até onde podia. As crianças olharam e ficaram mudas. Mudas continuaram nas ruas e em casa, no jantar: tinham medo. E depois o medo começou a se espalhar pela cidade inteira. Em uma noite a hidra tinha tomado de assalto as embarcações. Tornara-se uma ampla rede de malhas finas que recobria os mastros, os tombadilhos, os remos e moía sua presa de madeira. Sufocou os marinheiros e seu capitão. E a Planta, como a apelidaram, invadiu as margens e se precipitou na direção da cidade de Quiemo. A população apressou-se em cavar fossos profundos a fim de dificultar o avanço da Planta. Mas ela invadia os fossos até enchê-los e continuava sua caminhada. Debaixo da terra, empestava os ossuários. Os sábios se reuniram às pressas. A Planta, durante esse tempo, afogava os bairros baixos. Um sábio mandou vir as crianças. Ajoelhou-se diante delas e pediu-lhes perdão por si e por seus companheiros pela sua incredulidade. Num impulso de contrição, beijou-lhes os pés. As crianças aceitaram o perdão e logo a Planta refluiu, voltou para o rio e se afundou no lodo.

O transportador de cargas tinha sido ouvido no mais perfeito silêncio. Mas tão logo a narrativa terminou, os viajantes filosofaram como comadres em dia de feira. Como os animais, as crianças pressentem o perigo, diziam. E o que seria da sabedoria se permanecesse muda diante da palavra dos inocentes? É possível vangloriar-se de sua sabedoria se se é incapaz de acreditar nas manifestações demoníacas? A pretensão e o orgulho movem o mundo, concluiu um persa com grandiloqüência.

Irritado com a vaidade que havia nessa troca de idéias, Vartan tinha se afastado. Montefoschi o encontrou bem mais tarde no pátio do caravançará que tinham escolhido como pousada. O jovem dançava diante dos caravaneiros sentados em semicírculo. Seus braços e pernas reproduziam os movimentos sinuosos da Planta e pareciam cobrir o contorno de um corpo até sufocá-lo. De repente, a Planta que ele encarnava tornou-se amorosa. Vartan agora reproduzia em mímica carícias, beijos, contatos. E seus lábios balbuciavam as palavras que se pronunciam nos momentos de gozo. Quando acabou sua dança, os espectadores o rodearam e não pouparam elogios. Um deles o enlaçou e depois o arrastou para o seu quarto.

Diferentemente dos caravaneiros, Montefoschi não tinha sentido nenhum desejo pelo amigo. Aliás, desde a morte de Hovsep a tentação da carne lhe era estranha. Entretanto, ele se alegrava de ver Vartan adulado, cortejado, mimado. O monge desistira enfim de proibir para si mesmo os jogos do amor.

XXVIII

A caravana ficou três semanas em Quiemo. Os mercadores não pareciam dispostos a deixar uma cidade em que as festas se sucediam às festas. Os religiosos da cidade tinham batizado algumas dessas festas — a da Libertação, a da Criança, a do Rio — e projetavam repeti-las todos os anos a fim de comemorar a vitória sobre a Planta. Os caravaneiros só partiram de Quiemo quando as festas e procissões acabaram.

Nas proximidades de Carxlique, os lobos se mostraram animais praticamente inofensivos. Suas presas raramente se cravavam na carne humana. Mas como todos os animais desse tipo, atacavam as ovelhas desgarradas e acabavam com os carneiros doentes. Em cinco anos, só uma moça tinha sido devorada por esses carniceiros naquela região. Da moça, os lobos só deixaram as botas, alguns farrapos da roupa e uma mancha de sangue. Os tangutes* os descreviam como espíritos que se nutriam essencialmente do ar fresco dos fins de tarde e de fragmentos de estrelas caídos do céu. A cidade de Carxlique devia

*Indivíduos de um povo da Ásia que habitava a China e o nordeste do Tibete, pertencente à família tibetana e de religião budista. Na Idade Média esse povo formou o reino de Si-Hia, mas caiu, depois das conquistas de Gêngis Khan, sob o domínio mongol. Hoje em dia restam dele algumas tribos de costumes fortemente influenciados pelos costumes chineses. *(N. do T.)*

sua boa reputação principalmente à hospitalidade e à generosidade de seus habitantes. Na verdade, não eram absolutamente avaros de seu vinho e de seus carneiros no espeto. Conduziam os viajantes, sempre extenuados, naquela região, a pousos subterrâneos nos quais, garantiam, era agradável descansar, dormir e sonhar. Mas também eram conhecidos por suas mentiras, porque a umidade que imperava nesses lugres escuros não favorecia o repouso, o sono e os sonhos. Nuvens de mosquitos assaltavam as costas e as pernas e havia necessidade de envolver o corpo em panos grossos de linho e de algodão. Assim, a pessoa parecia uma múmia num sarcófago que entretanto não a isolava dos vivos. Mas o pior ainda estaria por vir: as nuvens de mosquitos eram o prelúdio de outros incômodos. Havia escorpiões em cada fissura das paredes; hordas de baratas vermelhas, de pulgas, e piolhos faziam das esteiras sua morada. Vartan, como todos os locatários precedentes, preferiu estender-se na areia, ao luar. Raramente vítimas dessa fauna provida de asas, de mandíbulas e de pequenos ferrões, os habitantes de Carxlique espantavam-se com o medo que os vermes suscitavam nos viajantes. Quanto a eles, emergiam de suas catacumbas de manhã dispostos, alegres e famintos. Vartan atribuiu-lhes o dom de enfeitiçar baratas, mosquitos e escolopendras.

Esses insetos abundantes não os convidavam a se eternizar em Carxlique. Por isso eles retomaram rapidamente a estrada de Dunhuang.

Durante quase um mês a caravana margeou o deserto do Sin-kiang. Avançava como se estivesse sob uma chuva de fogo, tão intenso era o calor. Os que caíam de sua montaria por esgotamento tinham direito a algumas gotas de água sensaborona guardada no fundo de seu recipiente de couro. Espíritos malignos havia uma eternidade residiam nesse deserto. As tribos da região temiam mais a maldade desses demônios do que a picada da víbora. Os movimentos desses espíritos irisavam o ar ou o nacaravam. E o ruído do vento, quando esses espíritos passavam, transformava-se num cântico. Eles eram o fogo-fátuo que segue os viajantes. E quando se juntavam aos milhares, perto dos bivaques, o deserto de repente exalava um perfume de âmbar, de jasmim e de mirra. Alimentavam-se do aroma de um prato, de um cheiro de fritura ou da volatilização do vinho ordinário. Suas habilidades eram variadíssimas. Em determinadas horas, imitavam à perfeição a voz de um persa, de um seldjúquida, de um mongol ou de um franco, talento que tinha conseqüências funestas sobre os caravaneiros que se dirigiam à China. Um retardatário acreditava ter ouvido o chamado desesperado de um dos companheiros. Corria para ajudá-lo e não voltava mais, perdido nas areias.

Os espíritos do Sin-kiang enchiam o dia — e às vezes a noite — de barulhos de armaduras que se chocavam e do som de tambores e de címbalos. Era a hora de combates invisíveis. Mas seus murmúrios não conseguiram nenhum efeito sobre os mercadores. Montefoschi ainda uma vez usou de sua astúcia: aconselhou aos quarenta e três homens que tampassem os ouvidos com algodão, assim não ouviriam os gênios do mal. E a astúcia vingou. Os demônios se esgoelaram em vão. Essa derrota diminuiu seus poderes. Essas criaturas invisíveis, certa manhã, assumiram um corpo e endureceram ao sol. Um deus lhes tinha retirado a imortalidade. Às vezes o viajante via sobre a areia um monte de cinzas que o vento não conseguia dispersar: é que ainda permanecia lá um espírito do Sin-kiang.

E esse deserto foi uma lembrança para Vartan como tinham sido o Pamir, Tabriz, Aiás e Sguevra. Entrava-se no antigo reino dos tangutes. Em Dunhuang, templos e mosteiros se multiplicavam ao infinito. Bosquezinhos de tamarizes davam um tom de verde à periferia da cidade. Para além dos arrabaldes, pântanos pareciam cheios de cristas com os caniços crescendo. Seu ranger contínuo se ouvia a grande distância. Para os mercadores, anunciavam a cidade, as riquezas e uma esteira para os membros moídos de cansaço.

Como os guias tinham avisado Montefoschi e Vartan, a caravana não iria além de Dunhuang, pois Kublai, por capricho ou desconfiança — como sabê-lo? —, recusara o salvo-conduto que lhes teria permitido continuar a incursão no território mongol. O veneziano e seu companheiro teriam de esperar mais de um mês pela passagem de uma caravana que, esta sim, teria franquia absoluta no território chinês.

Durante essa temporada obrigatória, Vartan estabeleceu relações amigáveis com uma família que o convidou muitas vezes para participar de suas refeições. Seus hospedeiros falavam a língua tangute, que ele desconhecia. Tinha memorizado apenas as palavras que lhe serviam para pedir água, vinho, uma costeleta a mais. Ele gostaria muito de escolher entre os rapazes presentes um que lhe ensinasse rudimentos daquela língua e seria, no tempo em que ele ficasse naquela parada, seu queridinho, mas nenhum daqueles alegres comilões o comovia. Então, despedia-se deles inventando uma ou outra desculpa e saía para a cidade, onde tinha liberdade para seus encontros.

Montefoschi não participava das refeições. Estava compondo a lista dos acontecimentos capitais de sua vida. Fazia meses tinha se desinteressado de saber se suas agências comerciais na Criméia prosperavam, e não tinha enviado uma única mensagem a seus administradores. A grandeza e o futuro de seu nome não o preocupavam mais. Em compensação, estava verdadeiramente obsedado, agora, pela redação de seus relatórios de viagem. Nada desejava além da calma e da monotonia dos dias para escrever sobre suas ambições mortas, seus pequenos sonhos e a história de um amor.

XXIX

Chegou a hora da partida para Dunhuang.

A caravana à qual se juntaram Montefoschi e Vartan chegara a Ganzu.

Na província de Kansu, os cavalos pastaram uma erva tóxica cujo efeito surpreendente foi permitir que seus cascos se cortassem rapidamente — como que desprotegidos, os cascos se feriam ao contato com as pedras. Os animais mancavam e, como a marcha se tornara lenta, os homens se perguntavam se algum dia chegariam a seu destino.

Vartan se cansou cedo dessa região onde, parecia-lhe, as maldições floresciam. Mas afinal não era sempre assim nos campos, nas florestas, nas montanhas? Os feiticeiros e os gênios da terra, sem que se saiba por que, tinham menos poder nas cidades. Então, Vartan, como os outros, impacientava-se com a lentidão na travessia daquela região e sonhava chegar logo a uma cidade, por trás de cujos muros estaria protegido da hostilidade da natureza e das criaturas que a povoavam.

A dois dias de marcha de Ganzu, a caravana parou para passar uma noite numa aldeia onde estacionavam camponeses uigures a caminho de Pequim. Os uigures esperavam poder presentear Kublai com uma raça de patos com crista vermelha e um verde-escuro no papo. Depois de alguns cruzamentos, o peso de suas aves atingia o dobro de um pato comum e sua carne era mais saborosa. Acompanhados de suas mulheres, esses camponeses, ávidos de honrarias e de reconhecimentos, contavam, já se vê, com o sabor suculento de suas aves para que atingissem a dignidade de intendentes do galinheiro imperial. Uma das mulheres lançava sem cessar olhares para Montefoschi. Ao nascer do dia, ela criou coragem. Sentada ao lado dele, traçou no chão oitenta e três pequenos círculos que representavam as oitenta e três pessoas que ele tinha odiado, amado, desprezado ou admirado na vida e, garantia ainda aquela mulher, ele teria o poder de arrancá-las pelas palavras do esquecimento no qual se apagavam quase todos os mortos. Graças a ele, as gerações futuras, por sua vez, odiariam, amariam, desprezariam ou admirariam seres desaparecidos havia lustros. Mas, terminadas as oitenta e três evocações, uma febre o atingiria e bruscamente faria dele um homem sem memória. Como agradecimento por sua profecia, Montefoschi deu-lhe uma pedra preciosa, que ela recusou. Não tenho necessidade de nada, disse ela, porque eu e os meus receberemos das mãos do khan mais riquezas do que jamais sonhamos. Guarde essa pedra para o momento certo. Um dia, numa ilha, você a venderá e o preço que vai conseguir por ela garantirá a você uma existência sem preocupações com o amanhã. Nessa ilha é que você fechará os olhos para um mundo do qual terá sabido descrever o caos e a beleza.

XXX

Em Ganzu, certa manhã, os caravaneiros se despediram de Montefoschi. Uns voltaram para a Pérsia, outros para a Cilícia. Empertigando-se, orgulhosos e assustadiços, facão na cintura, assumiam postura de guerreiros antes da batalha. Sob a roupa de um ciliciano, junto de seu coração e acompanhando-lhe as batidas, uma carta do veneziano endereçada a um de seus primos, administrador em sua ausência do escritório de Sudak. Montefoschi a ditara para Vartan escrever. Tratava-se de uma correspondência curta: catorze linhas, com a secura de um documento cartorial, avisavam o destinatário da morte de seu pai. Nove frases explicavam que a febre tinha levado um homem que os riscos da viagem haviam reduzido a um estado de pobreza absoluta. Montefoschi pediu a Vartan que lhe entregasse o testamento que tinha em seu poder e o destruiu. Explicou-lhe da seguinte maneira o motivo de seu gesto: "Ser meu herdeiro o obrigaria, para regulamentar minha sucessão, a ir à Criméia e talvez mesmo até a Itália, quando seu destino é voltar definitivamente as costas ao Ocidente. Porque creio que você nasceu para viver nestas terras do Oriente, para explorar-lhes os tesouros, para nelas amar os homens e se fazer amado."

Pela voz de um de seus funcionários, Kublai recusou ao embaixador de Hetum e ao monge autorização para continuar a viagem, pelo menos de imediato. Dizia-se que o imperador, ao envelhecer, transformava-se num verdadeiro chinês e, como todo chinês, desconfiava dos estrangeiros. Talvez quase não se lembrasse mais de ter recebido o veneziano em seu palácio, e de então o ter encarregado de ser seu mensageiro junto ao papa Nicolau IV. Seja como for, espiões do imperador os vigiavam como vulgares mercadores. Eles tiveram de passar onze meses em Ganzu.

Durante essa parada forçada, Montefoschi ocupou um quarto no bairro reservado especialmente aos estrangeiros. Saía pouco, bebia muito, comia demais. Nessa existência de recluso, engordou, dormia longas horas durante o dia, e à noite enfim se consagrava ao relato de suas aventuras. Vartan tinha partilhado durante algum tempo de seu quarto, depois se queixou da exigüidade do lugar e afinal decidiu se mudar. Montefoschi tinha contratado a seu serviço, para ser ao mesmo tempo seu porteiro, seu mordomo e seu cozinheiro, um jovem uigur falador e quase sempre xereta. Um dia, o jovem Togril (esse o seu nome) chegou num estado de excitação rara: acabavam de contar-lhe uma história que corria a cidade, a de um ladrão mongol que morreu traspassado por uma flecha montado num cavalo suando sangue. Em outras cidades, Montefoschi haveria de ouvi-la ainda por muitas e muitas vezes. O ladrão, segundo cada contador, seria persa, franco, armênio, egípcio ou mongol. Poucos meses depois de sua morte, Hovsep atingira o *status* de lenda. Montefoschi decidiu-se naquela tarde que a abertura de seu livro teria a descrição de brumas das quais emergiria um deus do amor tingido pela púrpura do sangue de todos os amantes infelizes. A obra estaria assim sob o signo da tragédia e do divino.

Em onze meses, Vartan só voltou duas vezes a Montefoschi. Quando de suas visitas, teve a impressão de que viviam as vésperas do adeus. O homem não se interessava mais por ele, tornara-se mesmo grosseiro. Suspirava e bocejava para mostrar sua impaciência quando a conversa se prolongava. Togril presenciava de pé, perto da porta, aquelas discussões insípidas. Vartan, que sofria com essa atitude desconcertante, tomou então a decisão de não voltar àqueles encontros. Passou a encarar Montefoschi como um amigo que o tinha traído e, assim, não tinha mais prazer em vê-lo. E o homem passou pouco a pouco a fazer parte de seu passado.

Vartan se entediava em Ganzu. Ou pensava que fosse isso. Na verdade, sob a camada de tédio, uma inquietação o roía.

Desde que tomara conhecimento da decisão de Kublai de retê-los naquela cidade, Vartan resolvera consagrar o essencial de seu tempo a seu trabalho de miniaturista. Foi um voto de piedade. Pincel na mão, deixava correr as horas sem conseguir esboçar a silhueta de um santo ou a forma de um pássaro. E se afinal traçava uma linha sobre o pergaminho, a linha era tremida. As cenas bíblicas, os milagres e as provações de Cristo não o inspiravam mais como no *scriptorium* de Sguevra. Era outra coisa que tinha desejo de aprender. Mas não sabia o quê. O impossível, sem dúvida, aquelas brumas de Tarim que desafiavam os artistas. Tentava reproduzi-las tal como as revia em suas lembranças. O resultado o humilhava: então, ele fugia de seu quarto para as ruas de Ganzu.

Essas errâncias repetidas o levaram a conhecer bem a cidade. Passou assim a preferir certos bairros, se bem que seus passos o levassem sempre a um mesmo ponto. Era um lugar que particularmente o encantava, sobretudo no verão. E, entretanto, era um lugar que nada tinha de notável. Que podia ter de tão excepcional uma árvore crescendo num canto de uma pequena praça, na maior parte do tempo deserta? Para sabê-lo, era preciso observar no início da tarde o momento em que uma triunfante luz a metamorfoseava dotando-a de todos os ouros da criação. No entanto, a árvore no momento de sua glória dourada comovia menos Vartan do que no momento em que a tarde caía. Os ouros, quando a luz perdia sua intensidade, cobriam-se de uma espécie de penugem como se um véu infinitamente leve recobrisse a folhagem e o tronco. A árvore parecia balançar sob uma brisa. Essa doce palpitação vegetal — era isso que tocava Vartan, era isso que era preciso pintar. Mas tudo se escurecia quando lhe vinha a idéia de ter de exprimir o impalpável. A derrota iria ao seu encontro, tinha certeza disso. E, chegando a noite, o encanto recuava, havia apenas desespero.

Num fim de tarde, quando ele se preparava para partir, sentiu a presença de alguém por trás de si. Voltou-se: um homem lhe sorria e Vartan disse a si mesmo que aquele sorriso tão enigmático seria tão difícil de reproduzir como a árvore. Se o homem externava sua perturbação, não deixava que isso transparecesse. E o homem se apresentou. Chamava-se Kao Suan e, como Apolônio de Tiana, falava todas as línguas do universo. "Sou pintor", disse ele. "E pinto essa árvore que você contemplava há muito tempo. Porque eu estava aqui, e o vi em pleno arrebatamento. Só eu e você nos interessamos por ela nesta cidade." Fez uma pausa, depois propôs: "Gostaria de jantar comigo?" Como estava curioso quanto à maneira pela qual Kao Suan tinha conseguido reproduzir o sublime, Vartan aceitou.

Mas na casa de seu anfitrião ele mal tocou nos pratos, de tal forma sua impaciência o perturbava. O chinês entretinha o nervosismo de seu convidado servindo-o com uma lentidão afetada. Parecia se distrair com esse jogo. E quando Vartan o apressou para que mostrasse suas obras, ele resmungou um "sim, sim, imediatamente", depois continuou a tagarelar como que esquecido do que acabavam de lhe pedir. A exasperação de Vartan chegava ao máximo quando, com o mesmo sorriso nos lábios que mostrara na praça, o homem se dirigiu a um cofre de onde tirou uma folha de papel. Vartan fez cara de querer apoderar-se dela. Num gesto rápido, Kao Suan tirou-a do alcance de sua vista. "Por que tanta pressa", murmurou, "por quê? Será tão doloroso assim esperar? Dominar suas emoções, temperar o ardor de seus desejos está acima de suas forças? Essa brutalidade para agarrar uma folha de papel não é ridícula? Agitar-se assim seria um bom modo de se preparar para a decifração daquilo que é imperceptível, daquilo que pertence à ordem do inefável? Seria esse o estado exigido para perceber a graça das coisas, o mundo efêmero ou sua eternidade?" "Perdoe-me", respondeu simplesmente Vartan. "Que estranha palavra", disse Kao Suan num suspiro. "Sim, que estranha palavra em resposta ao que eu disse. Você não me ofendeu, não há o que perdoar. Eu falava de você, evocava como apreender a beleza e a complexidade do que nos rodeia, é tudo." Pronunciando esta última palavra, Kao Suan estendeu a folha a Vartan.

Alguns traços, traçados com toda a segurança, evocavam a árvore, ainda que não lhe reproduzissem os detalhes. Apesar de tudo, era exatamente tudo aquilo que nosso monge tantas vezes tinha perseguido, contemplado, amado. A folhagem representada por três traços desordenados sussurrava aqui ao vento, o vento que varria tão freqüentemente a praça, e a simplicidade total do tronco esboçado tinha uma presença tal que Vartan, transportado, multiplicou a árvore ao infinito, e se achou bruscamente no coração de uma floresta, num ponto onde tudo é sombra, sussurro, mistério. A árvore ocupava um canto do quadro, o canto de baixo, à esquerda. Entre ela e uma montanha cujo cume o artista tinha apenas sugerido, o espaço era a brancura de uma nuvem com nervuras, apenas, aqui e ali, de preto. O quadro enfeitiçava, nele a gente se perdia. Demonstraria ele a evidência de mundos invisíveis que, no tumulto dos dias, não se pode perceber? Sem dúvida. Vartan se calou durante muito tempo. Depois confessou a Kao Suan que era pintor como ele. Então, Kao Suan pediu-lhe que lhe trouxesse no dia seguinte uma de suas obras. Mas Vartan não voltou nunca.

Outra vez em seu quarto, ele espalhou os pigmentos pelo chão e os pisoteou, quebrou os copinhos jogando-os contra a parede, arrebentou os pincéis. Sua raiva passou, ele abriu *O Evangelho de Leão II* e se absorveu durante horas no estudo de cada rosto, dos grupos de pessoas, de cada paisagem. Nada tinha presença tão forte como a brancura de uma nuvem misteriosa aparentemente imóvel entre a árvore e a montanha. Como ousar de novo a pintura, se era para oferecer ao olho humano uma tal ausência de expressão nos olhares, tanta rigidez nos corpos, tanta ingenuidade na representação da natureza e dos animais? Os monges de Sguevra, os aristocratas de Sis, o povo da Cilícia, o rei seriam então cegos ou rudes a ponto de admirar uma obra desprovida de densidade, de inteligência, de beleza? Ele seria sempre o aluno sofrivelmente dotado que o acaso tinha levado às nuvens. Quanto a fazer de uma árvore, de uma nuvem, de uma montanha a própria essência do mundo, preferia renunciar a isso. Não tinha nem o traço fulgurante, nem aquele gênio que consiste em evocar a vida. Assim, sua lucidez o aconselhava a abandonar definitivamente o pincel. Um dia, talvez, ser-lhe-ia concedida de novo a graça. Então, com um traço do cálamo, ele tentaria apreender o sorriso de Kao Suan.

XXXI

Afinal, chegou para Montefoschi a autorização para ir a Chang-tu, a residência de verão de Kublai. Ainda abrasado pelo fogo do relato de suas memórias, não deu logo a notícia a Vartan. E quando estava descrevendo sua temporada em Ganzu, começou a sonhar com a ilha que a camponesa do povo uigur tinha evocado. Certa manhã, tomou uma decisão: voltaria às estradas, partiria em busca daquela ilha e Togril o acompanharia.

Quando uma mocinha trouxe a autorização imperial a Vartan, o veneziano tinha deixado Ganzu.

No quarto de seu amigo, Vartan encontrou, como últimas lembranças de Montefoschi, uma garrafinha cujo conteúdo pretensamente seria óleo consagrado, os tijolinhos de ouro, uma bolsa cheia de pérolas e de safiras, a carta de Nicolau IV e a de Hetum II, ambas endereçadas a Kublai. O memorialista tinha pregado numa das paredes do quarto um pergaminho, cópia de algumas páginas da narrativa de suas aventuras. Vartan iniciou a leitura, até que o texto se tornou, de modo brusco, como que vaporoso. Ele fechou os olhos. Ao reabri-los, a bruma tinha se dissipado. Pôde então ler ali seu destino: "Vartan Ovanessian chegou a Pequim onde encontrou um amigo que o conduziu para além do mundo comum."

O Romance de Jebe

XXXII

Era setembro quando Vartan chegou a Chang-tu onde o esperava uma amarga decepção: havia uma semana que o imperador tinha trocado sua residência de verão por Pequim. Achou que nunca encontraria Kublai em sua vida e, como conseqüência, veio-lhe o pensamento de sua própria morte. Mas ele se recusou a sucumbir à morbidez. Por lealdade a seu rei, tinha de realizar a missão que lhe tinha sido confiada: depositar aos pés de Kublai o óleo consagrado e *O Evangelho de Leão II*, ser o advogado de uma religião e de uma cultura. Depois, abandonar-se-ia ao sabor dos acontecimentos.

Impaciente por atingir Pequim tão rápido quanto possível, deveria entretanto conter seu ímpeto, porque os caravaneiros, pelo menos foi essa a impresão que teve, tinham prazer em prolongar aquela temporada. Em Ecina, entregavam-se durante muitos dias à caça ao falcão, num vale atravessado por um rio apaixonaram-se pela pesca da solha, e essa nova paixão prolongou-se por muitos dias. Vartan passou sucessivamente da exasperação à cólera, dos resmungos às injúrias. Zombavam dele! Mas seu mau humor acabou como que por encanto quando viu os mercadores seminus prontos para um verdadeiro piquenique na beira do rio. Como resistir a uma tal visão? Sentou-se entre eles, esqueceu seus amuos e obedeceu apenas ao que lhe ditavam seus desejos.

Vartan continuava em Chang-tu, a cidade dos mil templos. Os monges, pequenos homens raquíticos e joviais, deixavam atrás de si um cheiro de carniça e de chiqueiro. Com um deles, Vartan aprendeu que eles se alimentavam essencialmente de um caldo à base de sêmola e farelo, a não ser quando um condenado à morte era executado. Pois, segundo a tradição, o cadáver tinha de ser entregue a eles, que o desmembravam e, uma vez esquartejado, cozinhavam-no. Desde que soube desse odioso costume da comunidade monacal, Vartan não tinha motivos para permanecer mais do que o estritamente necessário naquela cidade. Passeando pelas ruas, parecia-lhe que dirigiam a ele olhares de gula e teve medo de acabar num caldeirão. Os caravaneiros, desde que Vartan os advertira de que a antropofagia era tolerada, arrumaram suas bagagens.

Nos últimos dias de setembro, Vartan entrou em Pequim. Mas ainda se passaram doze meses antes de que fosse recebido por Kublai.

XXXIII

Afinal, chegou o dia em que o imperador dignou-se a encontrá-lo.

Vartan percorreu intermináveis galerias e atravessou mais de cem portas, precedido por um camarista e escoltado por arqueiros. Como único ruído, o frufru das roupas de seda e os tinidos dos sabres. Vartan não temia seu encontro com Kublai. Levava consigo ambições de Montefoschi e, no rosto, a dura expressão de Hovsep conspirando contra Roger de Narbonne; ostentava também a calma soberana de Arnaud de Roanne à cabeceira dos moribundos e seu próprio orgulho de ter atravessado os desertos de neve e os desertos de areia. Por breves instantes, sonhava com Marcos Trabukis, e o que de seu amigo surgia sempre em primeiro lugar em seu espírito era quanto o amor, nada mais que o amor tinha marcado toda sua vida. Em Pequim, os escritos de Montefoschi tinham se tornado uma referência para ele, que passara a conhecê-los, e essa idéia o exaltou. Foi portanto com uma certa segurança que ele entrou na sala onde se comprimiam os embaixadores. E se prosternou diante do khan.

Depois das palavras de boas-vindas e de amizade de Kublai, traduzidas por um intérprete, Vartan teve permissão para se levantar e pôde demoradamente fixar o imperador em sua majestade. Ao sinal de um camarista, compreendeu que deveria naquele momento apresentar suas homenagens ao sorridente conquistador. Ofereceu-lhe então *O Evangelho de Leão II*, depois destampou a garrafinha de óleo, estendeu-a a Kublai contando-lhe a mentira de que aquele líqüido tinha sido consagrado pelo papa. Mas que podia significar aquilo para Kublai? O imperador esfregou algumas gotas nas palmas das mãos como se fosse um perfume. Se bem que o óleo estivesse rançoso, o imperador respirou-lhe os eflúvios com evidente prazer. Agradeceu os presentes e a entrevista terminou. Longo tempo de espera, doze meses, para cinco minutos de gentilezas, pensou Vartan.

Um festim seguiu-se à audiência, durante o qual beberam-se quantidades inimagináveis de vinho dos vinhedos recentemente plantados na China, de aguardente de arroz, de hidromel, de cerveja de cevada e de cúmis.* À semelhança dos demais convivas, o khan bebia sem parar. Seus médicos o tinham prevenido sobre as conseqüências danosas que excessos poderiam trazer para seu organismo, mas ele não se importava. Por isso, suas pernas eram uma inchação só, seu sangue estava cada vez mais espesso e dentro de seu peito a taquicardia era violenta. Mas Kublai, imperturbável, caía na farra diante das mesas preparadas para suas mulheres e seus oficiais. A bebedeira era geral. Vartan sentia-se dentro de uma estalagem de Aiás ou de Tabriz. Havia algum tempo já que Kublai cometia excessos como imperador, exibindo a seus cortesãos a imagem de um velho rei esgotado. Apesar de tudo, ninguém se aventurava a assumir alguma familiaridade no relacionamento com ele, ou a fazer qual-

*Bebida asiática feita de leite de égua fermentado. *(N. do T.)*

quer ironia com aquele que se gabava de ser o dono do mundo, porque o olho do soberano sempre os observava, penetrava seus segredos, julgava-os. Sob esse olhar frio, tudo que Vartan pudesse ter assimilado naqueles últimos tempos foi por água abaixo: logo murcharam nele o ardor ambicioso de Montefoschi e a rudeza de atitudes de Hovsep, assim como o domínio de si e a paciência que eram o legado de Arnaud de Roanne. Até mesmo seu orgulho natural o abandonou. Não lhe restou mais do que a fé no que o veneziano previu.

XXXIV

A tribo dos taidjiutes tinha sido a escolhida. Foi com ela, entre outras, que Gêngis Khan festejara suas primeiras vitórias, com ela é que fora repartido o butim. Essa honra tinha feito de seus membros os aristocratas de um novo império. Eram chamados os Puros, ou os Filhos da Luz. Jebe era um deles.

Oito meses antes da audiência marcada para Vartan, Jebe tinha assistido à humilhação pública ordenada por Kublai e sofrida por Jiruki, seu pai. A cena tinha se desenrolado durante as Calendas, cerimônias que tinham lugar no mês de fevereiro. Por ocasião dos banquetes, os melhores guerreiros mongóis pediam ao khan, como recompensa por seus últimos feitos heróicos, um ou muitos senhorios, e os pedidos eram satisfeitos. Mas Kublai tinha varrido com um gesto o pedido de Jiruki, acompanhando com sua recusa um olhar em que se conjugavam um desprezo áspero e uma raiva de mau augúrio. Como o imperador não era homem que justificasse suas decisões, Jiruki não ficou sabendo da causa desse desprezo.

Quem caía em desgraça na maior parte das vezes era executado. Dessa vez, entretanto, não houve execução. Jiruki, bem depois das Calendas, continuava esperando sempre que viessem prendê-lo, mas parecia que tinham esquecido de sua existência. Julgava preferível que lhe cortassem a cabeça do que sofrer essa marginalização. Diante de tanta espera, caiu no desespero. Ver o pai roído assim de dor alterou singularmente o caráter de Jebe, que se tornou desconfiado, pensativo e excessivamente racional. No fundo, cometia um sacrilégio: julgava o imperador.

Em outubro, Jiruki tomou uma estranha decisão, que mais tarde seria fatal para seu filho: sozinho, fugiu certa manhã rumo a Karakorum, a antiga capital de Gêngis Khan. Sua vontade era atingir o Norte, chegar à orla de uma floresta milenar onde seus avós tinham sido enterrados, longe de um chefe tão ingrato. Antes de partir, falou a Jebe da nostalgia de um tempo em que todas as leis de Gêngis Khan eram respeitadas. Também se permitiu julgar Kublai, desolado pelo fato de que um imperador mongol pudesse tornar-se tão desmedidamente achinesado, a ponto de negligenciar os costumes de seu povo. Se não se atentasse para isso, esse escândalo seria o fim de um mundo. De caso pensado, esse pai semeou no espírito do filho os germes da revolta, porque tinha visto em sonho que Jebe uniria na China o exército que derrubaria um khan que traíra o espírito de seus ancestrais. Desde sua humilhação, Jiruki não tinha mais forças para combater, só pensava em morrer. Como tinha decidido, fugiu de Pequim nos primeiros frios de novembro. Seu desaparecimento repentino, pensava com lógica, provocaria logo no espírito do filho a suposição de que Kublai fosse responsável por isso. Jebe, então, não hesitou em vingar o pai.

Para espanto de todos, a soldadesca imperial não prendeu Jebe em sua casa para fazê-lo confessar sob tortura as maquinações do fugitivo e o lugar em que se escondia. Estranhamente, ele podia andar por Pequim como quisesse. Mas, certa manhã, teve a surpresa de ser servido por criados e camareiras que não conhecia. A discrição deles, suas gentilezas, seu estilo perfeito lembravam sem medo de errar os servidores de Kublai. Começava o isolamento. Que foi total quando a parentela e os companheiros de bebidas recusaram por intermédio da criadagem os convites de Jebe. As risadas, as manifestações ruidosas, as danças passaram a ser coisa do passado.

Essa proscrição reaproximou Jebe de sua mulher, Sogotai. Se o amor que não fazia muito tempo tivera por ela não ressuscitou, pelo menos o homem retomou o prazer de se estirar perto dela, de acariciá-la, de possuí-la.

Mas essa mulher doce, humilde, fervorosa e sujeita a visões definhava. Uma de suas visões lhe revelara que Jiruki estava indo para Karakorum. Sentiu então urgência de comunicar isso ao marido. Ignoro se alguém o persegue, disse ela, ao explicitar as coisas. Por prudência, o casal não falava mais em Jiruki diante da criadagem. Mas, ao fim do dia, uma vez retirados a seu quarto, Sogotai, à luz de uma tocha, espalhava gravetos pelo chão. Designando cada um daqueles pedaços de madeira, ela dizia: eis o deserto, eis a estepe, eis o cansaço, eis o medo, eis a esperança. Depois tinha sua visão. *Ele* está vivo, *ele* está sozinho, *ele* se aproxima das terras sagradas, murmurava ela. Uma noite, ela acrescentou: eis a cidade e eis o fim do roteiro. Alegremo-nos, *ele* atingiu seu objetivo, *ele* está alegre.

Essa noite, depois do amor, Jebe prometeu à mulher que faria dela a nova imperatriz dos mongóis.

Sogotai tinha freqüentado muito os xamãs até seu casamento, e seu pai era um famoso contador de histórias. Porque Jebe dividia a maior parte do seu tempo entre a corte, os rega-bofes e as missões militares, raramente ela tinha tido nos últimos anos oportunidade de transmitir-lhe seu saber. Mas agora que Kublai não o solicitava mais, e que amigos e parentes tinham abandonado sua casa, ela falava ao marido de Tengri, o deus dos deuses, do casamento de um lobo azul e de uma corça, dos ancestrais de seu povo, e das conquistas de Gêngis Khan. Ele adormecia maravilhado, sonhando ser o guerreiro que possuiria cem mil cabeças de gado e trezentos mil cavalos. Queria ser o dono do mundo.

Às vezes, ao despertar, Jebe tinha na memória o rosto de um armênio que tinha se apresentado ao khan como enviado do papa e do rei da Cilícia. Foi na última vez que Jebe tinha entrado no palácio imperial, algumas semanas antes do desaparecimento de Jiruki. Naquele mesmo dia, ouvira os mercadores dizerem que o armênio era um mágico, tinha transformado uma caravana em serpente de fogo, tinha atravessado o Pamir sem sentir frio, e o Sin-kiang sem sofrer os tormentos da sede e da fome. Jebe tinha vontade de rever esse homem, cujos poderes talvez pudesse utilizar a fim de reduzir a nada o reinado de Kublai.

XXXV

O bairro onde moravam os estrangeiros ficava num subúrbio de Pequim. Certa manhã, Jebe dirigiu-se a esse bairro. Desde cedo, Sogotai observara com tristeza o marido se vestir como príncipe e se enfeitar como se fosse à corte. Ela sabia que um rosto tinha se tornado uma obsessão para ele e que ele partia à procura de um homem que o afastaria dela para sempre, porque os gravetos a tinham advertido de que Jebe encontraria naquele dia um monge vindo do Ocidente que ele amaria. Tengri é que tinha dado a ela a faculdade de dialogar com as folhagens e com os animais e lhe tinha dado o poder de penetrar nos segredos dos seres e das coisas. Uma vez sozinha, ela preparou uma infusão de diversas plantas que, bebida à mesma hora durante quarenta dias, garantiria morte certa. Ao primeiro gole dessa beberagem escura, na qual tinham sido maceradas minúsculas folhas púrpuras, suas maçãs do rosto se cobriram de um vermelho-escuro, quase cor de vinho, e seu corpo tremeu. Sogotai dobrava-se sobre si mesma como que lutando contra um vento forte. Um fogo lhe descia pela garganta. E, quando o fogo se extinguiu, lágrimas quentes queimavam suas pálpebras. Depois, pacificada, Sogotai sonhou com seus três filhos natimortos, com o dever que Jebe tinha de produzir filhos em sua passagem pela terra que seria efêmera, e no amor que lhe dava densidade. Sogotai já esperava com impaciência seu encontro diário com um defumador no qual boiavam algumas minúsculas folhas púrpuras.

Jebe acabava de passar por uma das doze portas de Pequim. E odiava naquele momento essa cidade que tinha percorrido tantas vezes com prazer. Sob a influência de Kublai, Pequim tinha se tornado o símbolo dos mongóis errantes e, por via de conseqüência, das conquistas. Não havia necessidade de verificar nada, bastava ver aqueles guerreiros outrora percorrendo montes e vales que agora, em sua maior parte, preferiam a vida da corte às cavalgadas. O desfibramento era geral. Mas graças a ele, Jebe, esse tempo se acabaria. Ele daria de novo a todos o prazer da carnificina e dos braseiros. A vida seria de novo áspera e exaltada. Se tivesse uma tocha, naquele mesmo momento ele poria fogo naquelas casas, naqueles entrepostos, na cidade inteira.

Antes de descobrir o caravançará que abrigava o armênio, ele errou durante muito tempo pelos subúrbios de Pequim. Sem se fazer anunciar, entrou no quarto de Vartan e o achou deitado, os lábios maquiados, os tijolinhos de ouro descansando sobre o peito nu. Dormindo. Jebe permaneceu à cabeceira da cama sem dizer uma palavra e sem fazer um gesto. Aquele jovem que dormia e cuja imagem o vinha perturbando parecia-se com um daqueles rapazes, filhos de príncipes vencidos, que Kublai agregava por vezes a seu séqüito, promovendo algum deles por breve tempo à condição de favorito. Jebe não condenava essa prática. Já se imaginava mesmo imperador acompanhado em todas as suas campanhas por esse homem que, além de ser seu preferido, atemorizaria os inimigos por seus sortilégios. Deu um passo a mais e tocou ligeiramente o ombro nu.

Esse simples toque foi suficiente para acordar Vartan que não pareceu surpreso além do normal pela presença daquele desconhecido. Mas aquele homem, em vez de acariciá-lo, pôs-se a falar. Como ele não compreendesse patavina de seu discurso, chamou um criado para que fosse buscar um intérprete. Jebe não esperou a chegada do tradutor. Num impulso de confiança, expôs suas ambições e entregou seus sonhos. Quando o intérprete, afinal, chegou, Jebe o utilizou para declarar que estaria ali mesmo dentro de nove dias e que então se calaria para ouvir da boca de Vartan a narrativa de suas aventuras. Em seguida, despediu-se.

Na véspera de sua segunda visita, Jebe foi convocado por Kublai. Sogotai consultou os astros e declarou que a mentira presidiria ao encontro.

Na sala em que de ordinário o imperador discutia, parlamentava com seus generais e os embaixadores de todas as realezas do mundo, Kublai estava só com Jebe e o informou da morte de Jiruki. Há estradas fatais para os traidores, disse. Uma tropa que ele tinha enviado nas pegadas do fugitivo — por qual outro nome designar tal homem? — tinha alcançado Jiruki às portas da cidade de Ejinaki. Entorpecido pelo cansaço, ele não opôs nenhuma resistência aos soldados. Esse imbecil — está aí, ainda, um termo que o define perfeitamente —, extraviado no vento e no frio, foi decapitado logo ao ser capturado. Não teve sepultura. Seus ossos embranqueceram como os do camelo, do iaque, do jumento selvagem. Kublai aumentou o tom: Seu pai fazia intrigas na corte, bem o sei. E você, seguirá o exemplo desse fraco e desse patife? Você se cala? Muito bem. Se você me afronta, saiba que eu o atingirei na hora certa e que seu processo terá grande repercussão. Sim, vou quebrá-lo, filho de Jiruki. Como que esgotado por sua cólera e suas ameaças, o khan se curvou bruscamente no trono. E foi com um gesto sem apelação que ele ordenou a um Jebe impassível que se retirasse.

Nas ruas de Pequim, Jebe falava em voz baixa a um interlocutor invisível, seu pai. Só o admitia vivo. Nada nem ninguém poderia persuadi-lo da morte do pai, muito menos o imperador. Afinal, Sogotai tinha afirmado: Jiruki tinha chegado a Karakorum. Teria ela por uma segunda vez interpretado mal seus sonhos premonitórios, suas visões? Não, isso nunca. Tinha fé nela, em seus dons, em sua integridade. Enquanto ele fazia esses elogios, entre as coxas de sua mulher, úmida de febre e amarelecida, escorria um líqüido escuro com cheiro de feno apodrecido. Suas carnes se dissolviam e sua pele ia ficando tão transparente que era possível ver as batidas de seu coração dispararem. Dir-se-ia que se tratava de uma estátua jacente de vidro. Sogotai se afundava numa noite interior inefável. Agonizava, mas não sofria. Morreu, afinal, e foi nesse instante que Jebe teve a impressão de ser pisoteado por um cavalo louco.

XXXVI

A morte de Sogotai privou Jebe dos conselhos em que ela era pródiga, sem limites, e que temperavam suas revoltas, seus furores, sua necessidade de vingança, todos os ardores de um jovem pouco inclinado ao comedimento e à paciência. Agora, entregue a si mesmo, arriscava-se a cometer imprudências, a agir sem discernimento, a provocar estupidamente Kublai e a atrair os raios do imperador. Mas felizmente havia Vartan, a cuja companhia ele voltava todos os dias e que, por sua suavidade, sua fantasia, suas graças de mulher, o mantinham distraído quanto à queda do império e à necessidade de conter essa queda.

Os dois amigos ensinavam-se um ao outro seus idiomas, aprendiam o vocabulário dos mercadores, dos pastores, dos guerreiros e dos amantes. Jebe tinha alegria em descrever em armênio as ervas e os cavalos, os verdes dos penhascos suaves e o negro das árvores muito espalhadas. Jurou fazer de Vartan um guerreiro. Quanto a Vartan, para agradar-lhe, aceitou iniciar-se em arco-e-flecha e em aprender a arte de cortar cabeças e reduzir cidades a cinzas. Mas logo deplorou as promessas de Jebe: a guerra repugnava-lhe, a violência o aterrorizava. Os dois não eram da mesma espécie. Recusando-se a transformar-se em soldado, Vartan só iria decepcionar Jebe. Que seria, então, daquele amor? De que mundo desconhecido falava então Montefoschi em seu manuscrito? E para que destino Jebe o arrastava? Vartan ia adiando a idéia de ter de dar respostas e preferia manter oculto o futuro. Afinal, não era suficiente gozar o presente?

A intimidade de ambos sofreu uma interrupção de algumas semanas quando Kublai convidou Vartan a visitar a cidade de Hangzu. Assim, argumentou o imperador, de volta à Cilícia o miniaturista poderia contar a seu rei as maravilhas que oferecia ao olhar a mais bela cidade do reino. O soberano também insistia para que não desprezasse as observações que lhe sugerissem o estado do comércio fluvial e marítimo, a organização do abastecimento, as leis que regulavam a vida cotidiana no país. O olhar de um estrangeiro era importante para o imperador, porque permitia a comparação entre duas concepções do mundo, o que pode ser fonte de enriquecimento.

Desde o dia seguinte de sua chegada a Hangzu, um oficial, e assim seria a cada dia, levou-o a ver o porto, depois o levou aos mercados, finalmente ao antro dos comerciantes mais ricos. Vartan registrava mentalmente mil detalhes, mil esquisitices, mil tesouros expostos e, à noite, gravava-os por escrito num rolo de seda. Mas ele não era Montefoschi. Na ausência de observações judiciosas e pertinentes, não se podia tirar de suas notas a menor reflexão, a menor conclusão. Vartan achava graça no fato de que lhe eram indiferentes os esplendores de Hangzu. Na verdade, seu espírito vagabundava sempre no sentido de Pequim, no sentido de Jebe.

Vartan ficou lá por dois meses. No dia de sua partida, uma apreensão o assaltou: e se Kublai tivesse aproveitado sua ausência para executar seu amigo? Assim que montou em seu cavalo, já se apagavam de sua memória as cem mil atrações da cidade dos Song, suas doze mil pontes, seus canais e suas incontáveis embarcações, seus embarcadouros onde se refestelavam as cortesãs, as ruínas negras de seu palácio imperial outrora devastado por um incêndio, seus jardins, suas praças e suas avenidas, seus artesãos e negociantes que vendiam a lebre e o gamo, a perdiz e o francolim, o galo capão e o ganso, peixes amarelos e peixes brancos, especiarias e pérolas. Só pensava em Jebe.

Em Pequim, o Amigo o esperava. Mas enquanto Vartan esteve percorrendo os embarcadouros e desfiando pela ponta de sua pena as riquezas de Hangzu, Jebe se casara com Torregena.

Não escondeu do amigo esse segundo casamento e soube prevenir qualquer ciúme afirmando-lhe que tinha tomado mulher unicamente para assegurar sua descendência. Porque o mongol que não produz filhos é pouco considerado. Que dizer, então, de um imperador, uma vez que ele o seria!

Torregena tinha quinze anos. Era gorda, tagarela e má. Vaidosa de sua beleza, andava pelas ruas a fim de que a observassem. Se bem que sensual e nascida para ser cobiçada, punha a fidelidade acima de todas as outras virtudes. Talvez amasse Jebe tanto quanto Sogotai o tinha amado.

No círculo de suas amigas, dizia ter por marido o homem que mais podia deixar uma mulher satisfeita na terra. Entretanto tudo a desmentia: ele repetia suas ausências sem explicação, tratava-a grosseiramente se acaso ela as criticasse ou se obstinava em um silêncio que a mortificava. Torregena dizia a si mesma que o homem era mais misterioso que a noite mais densa. Odiando os enigmas por natureza, tentava compreender por que o marido não se importava com ela. Pediu um dia a seu irmão Djamuka, que ela adorava, que a ajudasse a desvendar o segredo daquelas ausências. Djamuka disse vagamente que a ajudaria e ela se irritou com o que sentia ser má vontade dele para ajudá-la. Mas, diante das súplicas reiteradas da irmã, acabou por ceder e consentiu em fazer o papel de espião. O que não concretizou, porque Jebe e ele eram amigos, tinham respeito um pelo outro. E, também, ele vira Vartan ligeiramente e num instante pôde medir o poder daquela ligação. A comparação entre sua irmã e o armênio não favorecia a ela, pensou o rapaz. Pode-se preferir a rã ao pavão? Na verdade, desde sempre Djamuka desprezava Torregena, que julgava tola. E a idiota nem se dava conta dos sentimentos dele. Djamuka mentiu para ela: Jebe, garantiu, tecia intrigas junto de alguns cortesãos para voltar a ser um conviva da corte. Como ela gostava do irmão, não duvidou de sua palavra.

Dez meses depois de seu casamento, numa noite de abril, Torregena teve um filho ao qual deu o nome de Boroque. Naquela noite, Jebe confiou a Djamuka sua vontade de levantar um exército que restabelecesse o conjunto das antigas leis e tradições mongóis e depusesse Kublai, o imperador escandalosamente achinesado. Djamuka aprovou aquele desejo de uma volta sem compromisso ao passado e se propôs a assumir o lugar de comandante das tropas.

No dia seguinte ao nascimento da criança, Jebe, sem ter se envolvido em intrigas e sem ter pedido nada, caiu de novo nas graças de Kublai. O khan ofereceu-lhe uma bacia engastada de rubis e esmeraldas que Jebe aceitou sem entretanto deixar de lado a desconfiança. A idade, pensou ele, torna a astúcia maior.

Em maio, Kublai empreendeu a tradicional viagem para Chang-tu. Sua cavalaria o escoltou de Pequim ao palácio de verão. Empoleirado sobre um carro de duas rodas puxado por quatro elefantes, o olhar fixo no horizonte, ele seguia, indiferente às aldeias, a todos os fogos acesos nas portas em sua homenagem. Era sua última viagem aos vinhedos e aos jardins de Chang-tu, àqueles céus de um azul intenso, ao belo verão que pintava de ouro os telhados, as paredes e as gaiolas em que eram mantidas águias, gerifaltes e falcões: o velho imperador o sabia. Como prova, ele perdia o gosto pelas mulheres e pelos rapazes e, o mais grave, combater, destruir, matar o cansava. E depois seu corpo já o traía: sua visão fraquejava, seus membros tremiam, seu coração disparava a todo instante. Não poucas vezes ele dormia em vez de ouvir os relatórios de seus ministros, também na hora de fazer justiça, de se alegrar com uma vitória. E, pior: chorava sem motivo diante de seus embaixadores, de seus soldados, de seus filhos. Um dia, tinha ouvido um de seus comandantes comentar indignado que algumas vezes o vira esquecer quem era. Sim, aquela era certamente a última viagem que fazia. Esposas, concubinas, gerações nascidas do sêmen imperial, magos e monges formavam seu cortejo. Jebe estava lá, Torregena a seu lado, o filho nos braços.

Até Chang-tu ela foi resmungona, sombria, querendo discussão por um sim ou por um não, ruminando pensamentos amargos. É que pouco antes da partida ela tinha sabido, por indiscrição de um de seus primos, simultaneamente sobre os amores de Jebe e a mentira de Djamuka. Compreendia, afinal, a frieza de um e as evasivas do outro. E esse primo caridoso tinha se deliciado contando-lhe as opiniões que o marido tinha sobre ela. Sem miolo, presunçosa, monstruosamente ciumenta, ambiciosa sem ter condições para isso, eis o que ele dizia. Não era tudo: ele lhe reservava um futuro praticamente inviável. Quando ela tivesse muitos filhos — é preciso ser previdente, não? —, ele a repudiaria ou a relegaria a um papel subalterno, porque queria que a terra inteira reconhecesse como seu favorito, seu esposo, seu melhor amigo aquele armênio devasso, aquele monge prostituído, aquele intrigante de primeira água. Ela não permitiria que as coisas fossem assim. Nunca. Ela, Torregena, ia mostrar a ele com quantos paus se faz uma canoa. Como Jebe, como Djamuka, ela amava as armas e o poder. Ódio, disposição para a vingança, crueldade: ela saberia se defender, abater quem sonhava abatê-la.

Foi um belo verão. Mas Kublai ignorou-lhe o esplendor. Estava obcecado com a morte próxima e com a escolha de um sucessor. À companhia de seus guerreiros, preferia a dos magos e dos astrólogos. Através da indecisão das previsões deles, Kublai percebia que a noite vinha ao seu encontro. Então, fechava-se em seus apartamentos e rezava a Tengri, pedindo-lhe que lhe desse tempo para preparar o futuro de seu império.

No fim de agosto, Kublai e a corte retomaram o caminho de Pequim.

XXXVII

Jebe e Djamuka tiveram um outono de grande atividade. Organizavam reuniões secretas durante as quais exortavam os descontentes com o regime à revolta. Alguns príncipes tinham aderido a eles, conquistados pela idéia de que era necessário manter as leis mongóis em sua totalidade. Conspirar, amaldiçoar, arquitetar planos — isso é que lhes ocupava os espíritos, dava um sentimento de importância à juventude, tornava os velhos mais moços.

Foi uma época estranha. Parecia que Pequim em peso era uma cidade de espiões. As suspeitas doentias do khan face a face com os seus súditos começavam a abrandar-se. Mas talvez se tratasse apenas de uma ilusão. Como quer que fosse, assim é que viam as coisas.

A saúde de Kublai se deteriorou nos primeiros dias de dezembro. Coreanas famosas por suas magias foram chamadas para exorcizá-lo. A lenda atribuía a essas mulheres mágicas o dom dos milagres. Mas Kublai iria arruinar-lhes a reputação. Os ruidosos esconjuros delas foram impotentes para reanimar-lhe as forças. Dele só restava o riso que se sobrepunha aos gritos das mulheres, um riso que abalava as quatro paredes de seu quarto e cujo eco ainda retinia das colunas ao teto bem depois de as coreanas terem chegado de volta a sua pátria.

Kublai morreu em fevereiro do ano de mil duzentos e noventa e quatro. O anúncio de sua morte foi aterrador para Jebe. Essa morte o privava de degolar com as próprias mãos um soberano desprezado, de ser o salvador do império. E logo os príncipes que se diziam seu aliado viravam casaca. Seus excessos de linguagem, sua ambição desmesurada, seu fraco sentido da realidade os tinham chocado, os tinham levado a desconfiar de um rapaz que pouco a pouco julgaram ser uma cabeça destrambelhada, um sonhador, até mesmo um louco. A escolha de Temir Oldjaitu uniu a todos como um único homem em torno do novo imperador, porque há tempos era louvada sua temperança, a austeridade de seus costumes, sua fidelidade às leis gêngis-khanianas. Mas Jebe negava tudo isso. Aceitá-lo seria renunciar a seu desejo de reinar um dia sobre o maior império do mundo. Recusando-se a se dar por vencido, dava um lustre a cada manhã em suas ilusões como se lustram armas e conseguiu convencer Djamuka e alguns outros de que o combate tinha de continuar, mas não em Pequim. O melhor seria se refugiar por algum tempo no Norte, em Karakorum, lá onde certamente Jiruki os esperava, lá onde sem dúvida ele vinha reunindo as tribos ainda não atingidas pelo canto da sereia do chinesismo, e lá afinal seria constituído um exército que faria Temir ficar pálido de medo.

Três meses depois do início do reinado do novo khan, Jebe e sua pequena tropa deixavam Pequim rumo à Mongólia.

XXXVIII

Dezoito homens e mulheres se lançaram então estrada afora na certeza de ter um dia ou outro as rédeas de um império. Mas se a aventura começou com exaltação, prosseguia no sofrimento. Porque chegar à terra dos ancestrais não é coisa fácil. Há planícies áridas a atravessar e gargantas a transpor, há o deserto de Gobi e rios caudalosos que é preciso enfrentar, há a fome e a sede que matam em cada um toda esperança, há as guarnições imperiais a contornar — o que os obriga a encompridar o caminho —, há os cavalos que só a custo concordavam em avançar, carregando o peso dos tesouros que levavam, há o vento que queima como o fogo e a chuva que parece entrar dentro da gente, as noites insones porque circulam em volta do acampamento animais estranhos, monstros, os deuses errantes de povoações outrora dizimadas, há dias em que o silêncio é tal que dá medo, há a angústia, o medo de morrer, a sensação de não valer mais do que um raminho de galho de árvore, há gritos dados gratuitamente e há aqueles instantes em que se diz que a loucura nos dominou completamente. Mas também há Vartan que os convence a continuar, continuar ainda e sempre, porque nada é pior do que o Pamir — do qual entretanto se pode sair vivo. Há Djamuka que dá o exemplo: avança imperturbável, como que imune à angústia. Mas principalmente há Jebe, que conta a história do nascimento de

Gêngis Khan, da miséria que por muito tempo foi fiel companheira dele, de sua certeza de ser logo o rei do mundo, sua luta contra a incredulidade, a baixeza, a covardia, sua fé em seu destino, suas primeiras vitórias, suas amizades e seus amores, sua fulgurante ascensão, o estabelecimento, enfim, de seu império. Então Jebe, transfigurado por sua narrativa, aparecia como um sobrevivente e o continuador daquele tempo heróico. E retomava-se a coragem, e levantava-se a cabeça, e se seguia aquele príncipe que os guiava para a glória.

A primavera estava em seus últimos dias quando se avistou Karakorum. Para chegar até lá, bastava passar a vau o rio que banhava os muros da cidade. Mas Jebe hesitava, logo ele que tinha sonhado tanto com isso, com a entrada em Karakorum. Construções de pedra e brancas tendas de tecido de lã dos nômades erguidas aqui e ali, Jebe sentiu no ar uma ameaça. A visão da antiga capital teve nele o efeito do reconhecimento de uma cilada armada ele não sabia por quem. Tomou então a decisão de contornar a cidade e continuar no sentido leste, tanto mais que Djamuka o tinha convencido de que um homem chamado Buri o esperava não longe dali e que esse homem era seu aliado. Chefiando um pequeno exército, sonhava, esse Buri também, restaurar o passado. A caravana se afastou então da antiga capital dos mongóis. Tratava-se apenas de um adiamento, era a explicação que Jebe tentava dar para que não se perdesse a tranqüilidade.

A tropa estacionou no flanco de uma colina. Naquela noite Jebe não dormiu. Acocorado perto de uma fogueira, braços cruzados, preocupado, ele olhava fixamente para as chamas. Por que essa apreensão às portas de Karakorum? Por que aquele confuso sentimento de derrota? Por que de repente aquele medo surdo? E quem era verdadeiramente Buri? Um amigo ou um vassalo do khan? Será que se caminhava mesmo para uma nova era ou se estava indo na direção da desolação e da morte? Como responder a essas perguntas? Subitamente levantou-se uma ventania. Soprou sobre a planície, tomou de assalto a colina, inquietou os animais, acordou os homens maldormidos, parecia machado, relha de arado, foice. Sob aquela onda, as chamas baixaram, depois se ergueram assobiando. Eram como uma grande flor que se dilacerava. Sobre aquele bruxulear, Jebe viu uma cavalgada de imagens, uma destruindo a outra, espalhando-se por toda a Mongólia nas asas dos ventos. Viu hordas de cavalos, rebanhos de carneiros, florestas, lagos. E não foi tudo. Viu homens se batendo, escudo contra escudo, ferimentos, sangue, estandartes negros que se despregavam e sabres que o luar branqueava. Também se viu sentando-se sobre o trono do khan dos khans. Por que então a apreensão e o medo? O fato é que ele não se resolvia a voltar no sentido de Karakorum. Alguma coisa lhe dizia que isso seria jogar pedras contra o destino, correr no rumo da perdição. E Buri? Dever-se-ia acreditar em Djamuka quando ele dizia que esse chefe de tribo era um homem leal? A intuição de Djamuka raramente falhava. Jebe tinha provado isso por cem vezes. Muito bem, estava decidido. Decidido a ir ao encontro do desconhecido.

Pela aurora, o vento se aplacou, o fogo acabou de se consumir. Jebe se voltou para Torregena. Que loucura tê-la levado consigo! Ela o odiava, seu olhar era evidente quanto a isso. Outra coisa que Djamuka garantira, por tê-la ouvido em Pequim, quando dos preparativos para a partida, é que ela tentaria semear a dúvida entre aqueles companheiros. Dissera ela que se seguissem Jebe estariam caminhando para a catástrofe. Mas os homens não a ouviram, porque é perfeitamente sabido que as mulheres por natureza têm a língua pérfida. Torregena tinha então engolido seu despeito. Que tentaria ela de novo? Impossível prever.

Boroque tem febre, disse ela. É o vento, respondeu Jebe. Boroque tem febre, repetiu ela. E não é por causa do vento, mas por causa desse estrangeiro cuja presença você nos impôs. Ele trabalha contra nós, eu o sinto. É o vento, repetiu Jebe. Somente o vento. O vento se acalma, a febre vai desaparecer, e Boroque um dia me sucederá.

Mas a febre aumentou por todo o dia. À noite, o menino teve um espasmo e morreu. Torregena se fechou no silêncio dos seres ausentes em si mesmos. Nem lágrimas, nem gritos, nem lamentações. Muda como pedra, deixou o marido tirar-lhe o filho para ir enterrá-lo, com a ajuda de Vartan. Assim, não muito longe de Karakorum, era possível ver um minúsculo monte de terra revolvida de fresco: seria o único traço da passagem daquele menino pelo mundo. Djamuka teve um impulso de ternura: acariciou os cabelos da irmã. Não me toque, murmurou ela. O rapaz recuou, como que aterrorizado por aquela voz trêmula, animalizada, ferida. E quando Jebe voltou para junto de sua tropa, reunida em volta de Torregena, ela teve um pequeno riso seco. Nem filhos, nem império, mais nada, disse ela entre dentes. Os homens se entreolharam. Aquela mulher dizia a verdade, talvez. Mais tarde, à noite, eles conversaram em voz baixa. Tengri abandonava Jebe. Mas os deuses não explicam nunca a razão de sua cólera, de suas maldições, de seu ressentimento. Apenas agem. E eis que morre bruscamente o filho de um príncipe. A pequena tropa renegava Jebe, sem confessá-lo ainda abertamente. Sonhava-se com Buri. Esse chefe de tribo possuía grandes rebanhos, armas em quantidade, concubinas, principalmente filhos. Nas mensagens que fazia chegar a Djamuka, falava da extensão de suas riquezas. Não seria isso, de modo completo, uma designação de que ele deveria ser o futuro dono da estepe, da China, de um reino inteiro? E não era esse o significado muito claro da ação de Tengri ao privar Jebe do herdeiro?

O comportamento de Jebe naquela noite escandalizou seus guerreiros. A impressão que ele dava era de querer ignorar a dor da mulher e de que ele mesmo não sentia nenhum sofrimento. Afastando-se, ele se serviu de seu favorito como se nenhum luto o tivesse atingido. Tinham-no ouvido até mesmo a rir, aquele riso que explode nas festas.

Pela manhã, escandalizou-os de novo — e dessa vez foi muito pior. Como não tinham tido a possibilidade de se reabastecer em Karakorum, os víveres começavam a escassear. Jebe anunciou que seria necessário caçar. As leis de Gêngis Khan proibiam a caça naquela estação, protestou-se, porque da primavera ao outono é preciso deixar os animais procriar em paz. É você que transgride as leis, você que sempre quis respeitá-las? É você que ousa agir assim? — gritou Djamuka. Vamos caçar, teimou o outro. Vartan, por sua vez, tentou chamá-lo à razão, mas não conseguiu mais do que exasperá-lo. Pior ainda, Vartan censurou-lhe com desprezo por tê-lo traído. Caçarei sozinho então, decidiu Jebe, mas quando se preparou para montar em seu cavalo, um de seus guerreiros, Eldjigidai, impediu-o de fazê-lo. Não, você não irá. Diante dos outros que avançavam para ele, hostis, a mão no sabre, Jebe afinal cedeu. Não me esquecerei disso, gritou. Vocês vão me pagar por isso amanhã ou em dez anos.

XXXIX

Djamuka avistou os três lagos que se sucediam em linha reta no sentido leste. Anunciavam, como tinha ensinado um mensageiro em Pequim, que o acampamento de Buri estava próximo. Ultrapassados os lagos, lanças compridas com cristas de penas e fincadas no chão balizavam o caminho que levava ao acampamento.

A última lança estava plantada no pico de uma das cinco colinas fechando a planície em que Jebe devia encontrar aquele que, era de se supor, o esperava. Mas sobre toda a extensão de relva erguia-se não mais do que uma cabana de pele, uma só, branca. Em volta, nem um único cavalo amarrado, nem uma única silhueta de homem, de mulher ou de criança. O silêncio lembrava aquele que envolvia Karakorum. Era o silêncio que precede a sentença, que pesa sobre os exércitos exatamente antes da entrada em combate, que cerca os deuses.

Jebe esquadrinhava a paisagem, e principalmente aquela tenda de pano de lã como que esquecida na planície, enigmática e mínima. A tropa se comprimiu atrás dele, porque de novo ele impressionava, imóvel, altivo, imperial. Não era mais aos olhos dos companheiros o insensato e o sacrílego que tinha sido no dia da morte do filho. Só ele, pensavam, saberia interpretar a estranha calma do lugar. Emboscada ou farsa? — perguntou Jebe a Djamuka, que entretanto permaneceu mudo. Façamos meia-volta, propôs Eldjigidai. Nunca, retorquiu Jebe. Você e Hulegu vão patrulhar do outro lado dessas colinas a fim de verificar se não há concentração de guerreiros. Enquanto os dois cavaleiros se afastavam, ele voltou sua atenção sobre a planície, como que fascinado, como se percebesse o invisível. Quando os dois homens voltaram foi para declarar que nada tinham observado de suspeito. Nenhuma alma viva, nem sequer uma lebre, nem um jumento selvagem. Então, farsa? — ironizou Jebe. E, sem esperar resposta, desceu a colina e se dirigiu à tenda.

Abriu a porteira, Vartan e Djamuka atrás de si. O mobiliário completo da tenda não passava de um tapete cuidadosamente enrolado, do qual subia um cheiro de carniça. Com grandes gestos bruscos, Jebe desenrolou o tapete, do qual saiu o cadáver de Jiruki. Teve um grito que lembrou o do soldado mortalmente ferido por uma flecha, curvou-se sobre o despojo e afinal se retirou aos gemidos. Soube de repente o que significava ver a escuridão em pleno dia, provou o que era uma dor fulgurante e compreendeu que ela não o deixaria jamais. Depois, prometeu que Buri passaria pela ponta de seu punhal, por que esse crime não poderia ser de nenhum outro, e consagrou ao fogo todos os impérios do mundo.

Uma noite de vigília, de oração e de vento reuniu todos os homens e algumas mulheres da tropa em volta de um pequeno fogo. Nenhuma árvore para alimentá-lo e o mato era raro. Jebe, em sua noite de desespero, queria um braseiro, fogueiras, o incêndio das planícies; queria um fogo alto como uma torre; queria espalhar pela terra inteira o terror. Por isso retalhou a tenda ao nascer do dia e lançou às chamas os farrapos de feltro. O fogo, então, como o sol, expulsou as trevas.

O céu prenunciava tempestade e o céu era um deus. Foi Djamuka que viu primeiro uma fila de cavaleiros desenhar-se sobre três das seis colinas.* Jebe se lembrou dos conselhos do pai: se o inimigo o surpreender e se sua tropa for inferior à dele em número de homens, a única solução para evitar a derrota é erguer entre os dois adversários uma barreira de chamas. O que foi executado imediatamente. Mas Tengri não devia estar ao lado de Jebe nesse dia: a chuva começou a cair. Então, os cavaleiros que avançavam, Buri à frente, desceram as colinas. Diante de tal exército, tudo que Jebe pôde fazer foi ordenar a fuga.

As flechas voavam em tão grande número que o céu escureceu. Um raio atingiu algumas árvores e semeou o terror tanto entre os fugitivos como entre os perseguidores. Os gritos de guerra ficaram estrangulados nas gargantas. As flechas voltaram a suas aljavas. A tempestade começava a se aplacar e fez-se silêncio. Jebe avançou sobre um exército que parecia ter virado estátua e sobre seu chefe desorientado. Parou seu cavalo a vinte passos de Buri, e o mediu com um olhar de furor, orgulho e insolência. Depois, fez meia-volta, misturou-se a seus companheiros e a tropa avançou por uma passagem entre duas colinas.

Galoparam longamente sobre uma terra lamacenta. Atrás deles, mas a uma certa distância, o ruído de mil cascos e de clamores que não paravam de aumentar. Assim foi durante dias e dias.

Certa manhã, tudo se calou. Entretanto, a perseguição continuou dentro deles. Mil cascos e outros ruídos povoavam seus sonhos, flechas assobiavam, gritos retiniam. Acordavam em sobressalto e em seus olhos se lia o medo. Jebe ironizava aque-

*Note-se o pequeno equívoco: na abertura do segundo parágrafo deste mesmo capítulo o Autor fala em cinco colinas. *(N. do T.)*

las reações, lastimava o fato de serem surdos, tratava-os com desprezo. Freqüentemente, à noite, acordava-os só para aborrecê-los. Não estavam ouvindo ecos repercutindo pelo chão? Hordas de cavalos se aproximando? Não ouviam Buri a vociferar? Não ouviam cantos guerreiros? Encarniçava-se principalmente contra Djamuka e Vartan. O primeiro se comportara como um idiota acreditando nos protestos de amizade de Buri, o segundo tinha tremido como uma mulher quando os cavaleiros invadiram a planície. Agora Djamuka falava em renunciar àquela corrida louca, em voltar a Pequim, em proclamar-se arrependido diante do khan, e Vartan negava ter prometido manejar as armas, embriagar-se com cheiro de sangue. É que o estrangeiro — e Jebe tinha se esquecido disso — é por natureza perjuro, não merece confiança. Sim, aquele instante era de fuga, dizia Jebe, mas logo eles estariam reunidos com aquelas coortes da Mongólia que esperavam por eles no Norte. Desde muitos anos eles esperavam o mestre supremo, esperavam por ele, Jebe, isso era certo. Aqueles homens tinham estado em todos os seus sonhos. E os sonhos de Jebe não mentem.

Tendo dito isso, deixou Djamuka e o monge e dirigiu-se a Torregena, censurando-a por ter sido insensível em relação à morte de seu pai. Mas não se espantava com isso: era um hábito dela amaldiçoar os valorosos. Atraída pela baixeza, sem dúvida ela teria preferido Buri e suas manobras desonestas, seus filhos sem honra, seus comandantes desavergonhados. Torregena não reagiu a essas acusações. Parecia cansada, indiferente, quase inconsciente.

A tropa agora costeava regiões de florestas.

Para poupar os cavalos esgotados, havia necessidade de paradas repetidas. E, depois, a fome atormentava os homens. Enganavam-na empanturrando-se de bagas e raízes. Quando o tempo da caça voltasse, e com ele suas forças, então, pensavam, fugiriam de Jebe, atravessariam de novo as planícies e o deserto de Gobi, voltariam direto para a China.

Durante aquelas paradas, Vartan juntava bagas de murta e as oferecia a Torregena. Não ignorava que ela o tinha como responsável pela morte do filho, mas, ao vê-la assim, rosto chupado, olhos fechados, corpo murcho, sentia alguma piedade por ela. Fazes pacto com a prostituta, amigo? — perguntava Jebe, pérfido. Uma vez, apalpou o tronco e os braços de Vartan e concluiu seu exame com uma risada humilhante e trágica. Mongezinho nascido para a cidade, mongezinho que ama as mulheres sem vergonha, cantarolava ele. O armênio nunca pôde se justificar para Jebe: ele sempre o interrompia. Apesar de tudo, continuava a amar aquele homem que o caluniava.

O leite inchou de repente o seio das mulheres. Elas apertavam seu peito choramingando. O leite corria também de cem pequenas chagas que se tinham formado em seus corpos. O leite secou, as chagas se envenenaram, as mulheres se enfraqueceram, a morte fechou o ciclo. Seus maridos as velaram, deram-lhes sepultura, depois mergulharam na floresta. Antes de partir, fizeram confissão pública de culpa a Torregena, que o mal tinha poupado: ela lembrou que lhes tinha chamado a atenção para que se defendessem de seu marido, eles desprezaram esses avisos, e depois tudo fora decepção, loucura, maldição.

Essa fuga dos maridos, nome dado àquele episódio daí em diante, provocou a debandada dos outros. Nostálgico da terra chinesa, terra de seu nascimento, roído pelo remorso de ter abandonado mulher, filhos e concubinas para seguir um louco, Eldjigidai uma bela manhã foi-se embora. Sua ausência, que era a ausência de sua fraternal solicitude, de sua vitalidade, deixou Tolun e Djelme arrasados. Ambos tinham hesitado por muitos dias antes de se decidir a tomar o caminho que leva aos rios maiores do que os mares, aos campos mais infinitos do que as planícies mongólicas, à cidade do khan. Depois, com Godan, o tímido, Sartaque, o metido, Ordá, o generoso, montaram seus cavalos e sumiram nas brumas da aurora.

Jebe não lhes lamentou a atitude. Aqueles ingratos, aqueles covardes, aqueles poltrões — não valia a pena chorar por eles. Boa viagem e adeus.

Ferido pelos sarcasmos de Jebe, perdidas todas as esperanças de um futuro glorioso, Djamuka também quis fugir, mas antes queria arrancar definitivamente a irmã das garras daquele demente. Iriam juntar-se à Horda de Ouro, ou a longínquos parentes que moravam na Pérsia, porque Djamuka não tinha ilusões quanto à clemência do imperador.

Uma noite, Jebe o surpreendeu carregando o cavalo da irmã com algumas roupas velhas e provisões — espigas, avelãs, bolotas, cebolas. Se você vai me deixar, será sem armas, sem agasalhos de pele, sem nada. E sem Torregena. Por que separar os esposos? Dizendo essas palavras, furou maldosamente com sua faca os fardos cujos conteúdos se espalharam pelo chão. Com fúria, Djamuka desembainhou seu sabre. Os dois trocaram injúrias, depois cruzaram os ferros. Forças iguais, os dois homens se enfrentaram por muito tempo à luz da única fogueira. Às vezes se separavam. Depois, a escuridão os envolvia e só a respiração dos dois e o entrechoque das armas revelava que ali se desenrolava uma luta. Pouco antes de clarear o dia, o fogo se apagou, um nevoeiro cobriu o chão, as árvores e aqueles dois guerreiros que pareciam combater para a eternidade.

Quando o dia, afinal, amanheceu, um deles deu um grito e caiu. Era Djamuka. Aparvalhado, Jebe olhou por um tempo o corpo estendido, depois tomou vagamente consciência do bater dos cascos dos cavalos, do ruído do vento nas folhagens, do despertar dos pássaros, do frio, da luz. Tudo estava como devia estar: o mundo renascia das trevas e a vitória pertencia àquele que tinha alma de imperador. Jebe sorriu. Estava pronto como nunca a continuar a marcha no sentido do Norte, onde — seu pai é que afirmava isso — as sombras são fiéis, onde os mortos são multidão, onde se reina serenamente sobre exércitos silenciosos, onde a traição, o amor e o sofrimento não prevalecem. Pai, então era para esse país que gostarias de ser restituído? — murmurou ele. Foi nesse momento que ouviu passos. Vartan se aproximava. Durante o combate singular daquela noite, ele tinha se esquecido do armênio. Lá aonde iria não havia nenhuma necessidade de companheiro. Aonde se vai sozinho, era ainda Jiruki que dizia. Antes que Vartan pudesse pronunciar uma palavra, Jebe ordenou-lhe, talvez tocado de ligeira emoção, com suavidade, mas firmemente — aqui não havia talvez, havia uma evidência —, que pegasse as armas, agasalhos e víveres e o deixasse. Mas se tornou brusco, assumiu um tom de desprezo, cheio de raiva, quando o amigo suplicou-lhe que não queria fazer nada daquilo. Bateu-lhe mesmo no rosto. Depois, como se tentasse fugir de algum perigo, correu para seu cavalo, montou-o e se afastou num galope largo.

Vartan lançou-se à sua perseguição, tentou juntar-se a ele e fracassou. Foi assim que se viu em meio a uma paisagem em que pedras altas se erguiam aqui e ali como estelas. Conheceu, então, a solidão absoluta, as lágrimas que nada parece esgotar, o desespero, em suma. Infinitamente cansado, estendeu-se ao pé de um daqueles pilares providenciais, retangulares, onde os antigos gravavam inscrições históricas.

O frio de fim de tarde estranhamente o sossegou. Com um dedo, tocou de leve a pedra como se toca a areia para deixar sinais, sonhando pintar sobre um grande muro branco o convento de Sguevra e a caravana na partida de Sis, seu pai e Hetum, Montefoschi e Hovsep, as gargantas do Pamir e o deserto de Sinkiang, a árvore na praça de Ganzu e as planícies da Mongólia, a morte de Djamuka e Torregena abandonando a floresta. Fez um esforço para se reerguer: precisava de um lugar calmo, um lugar onde pudesse realizar essa grande obra que reuniria numa única visão os reis e os aventureiros, os sábios e os loucos, os anjos do céu, as criaturas da noite e os esplendores do universo; toda uma vida surgiria, a um tempo apoteose e evocação do inferno. De repente, sentiu no coração a mesma dor que sentira um dia nos terraços de Erzincã. Vacilou, depois deslizou lentamente para o chão; fechou os olhos, balbuciou palavras soltas — cálamo, mosteiro, amor; entrou em agonia e morreu.

XL

Depois de ter margeado lagos, atravessado rios a vau, percorrido florestas, Jebe chegara a uma estepe de capim raso, cortante, gelado. Qualquer outro teria hesitado em entrar por aquelas terras sobre as quais o sol jamais furava um céu cor de limalha, onde o vento chicoteia sem cessar o corpo do homem, onde as noites pareciam durar sempre. Não Jebe, que não era mais desses homens que a escuridão aterroriza. Ao contrário, a visão daquele mundo hostil o exaltava, porque ele sabia que havia penetrado na Província das Trevas — assim a chamava Jiruki — e lá é que ele seria afinal proclamado imperador. E mesmo quando o cavalo que montava caiu com ele em cima, não renunciou.

Nada mais diminuía sua marcha de furioso, nem a fome, nem a sede, nem o frio: ele se tornara indiferente a esses males. Entretanto, uma noite, faltaram-lhe as forças. Jebe caiu sobre a terra e logo perdeu a consciência. Quando despertou, estava na cabana de um homem da tribo dos Corvos, uma das que povoavam a Província das Trevas. Sem dizer uma palavra, o homem deu-lhe de beber, alimentou-o e o cobriu com agasalhos de pele, acendeu um fogo de turfa e o velou por toda a noite. Mas no dia seguinte todo o clã o obrigou a expulsar aquele estrangeiro em andrajos, pálido e de olhar enlouquecido, porque sua presença tinha estranhos efeitos sobre alguns da tribo, cujos braços e pernas foram assaltados por tremores, como acontecia quando da aproximação dos demônios da tundra.

Jebe cruzou em sua rota com outras tribos. Nem todas tiveram para com ele a mesma atitude que a dos Corvos. Os Tetrazes o veneraram como um deus, os Gansos quiseram iniciá-lo na caça aos auroques, e o homem mais rico dos Cisnes o convidou a compartilhar de seu quarto aquecido. Gostou de Jebe como se gosta de um filho e propôs-lhe que se casasse com sua filha. Nada pôde afastá-lo dessa idéia. Na noite anterior à das núpcias, Jebe ouviu como que um apelo vindo de fora. Saiu de sua cabana e distinguiu à orla da aldeia sombras que se movimentavam sobre a neve que caía havia muitos dias. Esperavam-no. Diante dele erguia-se o exército de que Jiruki falara. Era o maior conjunto de cavaleiros jamais visto, todos eles guerreiros mongóis mortos nos tempos de Gêngis Khan nos campos de batalha ou nas portas das cidades, milhares de fantasmas vindos a seu encontro para acompanhá-lo até os confins do mundo. Então ele abandonou a aldeia adormecida, retomou o caminho do Norte, seguido pela horda fabulosa.

Caminhou nessa situação dias e noites. Soube que sua viagem tinha chegado ao fim quando o exército dos mortos afinal parou. A Província das Trevas terminava ali. Para além, começava o oceano. Jebe comparou aquela extensão de um verde escuro a uma estepe infinita e ficou muito tempo a contemplá-la. Depois observou não muito longe dele um bloco de gelo cuja visão lhe deu uma alegria extrema. Desembainhou então seu punhal e começou a trabalhar sobre a massa de gelo. A lâmina, como acontece com as espadas das lendas, não se partia e, sem dúvida pela vontade de Tengri, quanto mais Jebe trabalhava mais claro o dia se tornava. Mas o céu escureceu bruscamente no momento em que Jebe pousou sua faca. Era um trono que o escultor terminara. Quando se sentou sobre aquele trono de gelo, o exército se manteve por trás dele, imóvel, vigilante.

À noite nevou. Jebe derreou a cabeça para um lado e a neve o cobriu

NOTA DO TRADUTOR

Transcrição de nomes das línguas orientais, árabes, chinesas, quaisquer que sejam, não é o forte das publicações brasileiras de um modo geral. Basta lembrar que o nome de uma cidade tão citada como Hiroxima ainda aparece em jornais, revistas e até em traduções de livros como *Hiroshima*, quando se sabe que em português não existe esse encontro consonantal *sh*. Isso acontece porque agora se adota o costume de pura e simplesmente imitar a transcrição inglesa e pronto — para que pensar que existe uma língua portuguesa?

No presente texto não se repetiu a transcrição francesa do original para os nomes orientais. O citado encontro consonantal que repugna à língua portuguesa, *sh*, mais do que secularmente é substituído por *x*, segundo todos os nossos lingüistas, a começar por Gonçalves Viana (em Portugal) e Said Ali (no Brasil). Mas agora se passa por cima de tudo isso — e até se despreza a convenção internacional de nomes geográficos, dos anos 20, da qual o Brasil é signatário — para apenas agirmos como os americanos (sim, porque o objeto de nossa imitação não são os ingleses). Nesta edição, porém, não se escreveu *Kashan*, mas "Kaxã" (inútil lembrar que esse *n* final não representa um fonema, sendo apenas um sinal de nasalização da vogal que o antecede). Manteve-se o *k* na maioria dos nomes tanto geográficos como personativos: uma vez que não há critérios definitivos firmados, não se quis despir totalmente a roupagem tradicional que as palavras orientais mantêm entre nós, pois uma mudança radical ("Caxã") causaria estranheza aos leitores.

No caso dos nomes próprios de pessoas, manteve-se o sinal de nasalização *n* porque há inúmeras famílias orientais no Brasil que tradicionalmente mantêm seus sobrenomes com tal grafia (caso dos sobrenomes armênios, por exemplo, sempre terminados em *ian* e na maioria das vezes por *sian* ou *ssian*). Mantida essa grafia para os sobrenomes, por coerência fez-se o mesmo com os nomes. Assim, tivemos "Vartan Ovanessian". O mesmo já não se fez quanto às cidades, *Erzincan*, por exemplo, passando a "Erzincã".

O grupo vocálico *ou*, que sempre aparece não apenas nas transcrições francesas mas também nas inglesas, foi substituído pela vogal simples *u* — eis outra prática secular que está se perdendo para que não usemos nada do que é nosso, mas apenas o que se usa na língua inglesa. Assim, em vez de *Traboukis*, por exemplo, o leitor encontrará "Trabukis". Lembremos que a Seleção Brasileira de futebol jogou uma partida na China em fevereiro de 2003 e todos os jornais e revistas se referiram à cidade de *Guangzhou*, quando o correto, uma vez que se trata de jornais e revistas que escrevem (ainda) em língua portuguesa, seria simplificar para "Guangzu", pois é como *u* que soa entre nós o encontro vocálico *ou* — e o *h* mantido como se fôssemos ingleses ou americanos é inútil, pois representa uma aspiração que não reproduzimos em português.

Diga-se, finalmente, que o *y* foi sempre substituído por *i*, outro modo de simplificar as coisas para o leitor brasileiro. Assim, *Ayas*, por exemplo, virou "Aiás", forma bem mais ajustada ao espírito de nossa ortografia, simplificada há um século.

Com simplicidade, é isso.

M. C.

Este livro foi composto na tipologia Minion
em corpo 11/15, e impresso em papel
Chamois fine 80g/m² no Sistema Cameron
da Divisão Gráfica da Distribuidora Record.